edizioni
chance
lettera 22

© Chance Edizioni
www.chanceedizioni.com

Foto di copertina: ©Pexel
Grafica di copertina: BDprint

LA PATRIA DI ITZURZA

*"Bidea aurkitzea da segurtasunez
galtzeko erarik onena"*

*"Trovare la strada
è il miglior modo per perdersi con certezza"*

Proverbio Basco

Al mio babbo, Valter,
che mi ha insegnato a chiedere sempre *perché*

Prologo

No estoy seguro de que yo exista, en realidad.
Soy todos los autores que he leído,
toda la gente que he conocido,
todas las mujeres que he amado,
todas las ciudades que he visitado

Non sono sicuro che io esista, in realtà.
Sono tutti gli scrittori che ho letto,
tutte le persone che ho incontrato,
tutte le donne che ho amato,
tutte le città che ho visitato

Jorge Luis Borges

Nella Spagna degli anni '80 le tensioni sociali sono forti. La questione basca scuote il Nord del paese, mentre nel resto del Regno la transizione verso la modernità provoca non pochi squilibri, umani e politici. Il peso della Storia con la S maiuscola, tuttavia, offusca e rende invisibili le miriadi di esistenze che quella stessa storia compongono. Sono i piccoli gesti di coraggio, le intuizioni ed i rammarichi a determinare i grandi eventi e provocare le conseguenze più incredibili.

Le storie delle singole persone sono quelle che vengono dimenticate più velocemente, ma sono quelle che meriterebbero di essere conservate più a lungo ed essere raccontate.

Il destino ha un modo ironico di tirare le fila del suo intreccio, e intorno ai nodi che casualmente sembrano formarsi si vanno a legare storie incredibili, che difficilmente qualcuno potrebbe inventarsi e che sono quasi impossibili per qualsiasi interlocutore da comprendere fino in fondo.

Questo perché cerchiamo nei libri di storia le spiegazioni, perché non riusciamo a guardare dentro noi stessi e renderci conto della profondità delle nostre emozioni, non vediamo che dentro di noi ci sono le spiegazioni di come è vulnerabile e al tempo stesso intenso il cuore umano.

Capire questo ci permetterebbe di comprendere le infinite capacità che ognuno di noi ha, comprese quelle di segnare, ciascuno a proprio modo, il destino di un popolo, la fortuna o la disgrazia di una nazione; dentro di noi ci sono i valori e le tradizioni di una collettività e spetta a noi decidere cosa portare e cosa lasciar andare.

E' in questo scenario, in questa storia che trascende le vicende umane ma le rende visibili agli occhi del lettore, che le esistenze di quattro donne fra loro agli antipodi si intrecciano e prendono forma nel palcoscenico della vita.

La Guerriera

I

Biscaglia, ottobre 1981

L'edificio nel quale si erano accampati si ergeva a perfetto esempio dell'architettura dell'ultimo periodo franchista: alto, freddo e inospitale. Uno stile dettato dal desiderio di sottomettere anche i luoghi, di renderli autonomi e funzionali.

La campagna che lo circondava era verde durante tutto l'anno, animata da greggi sparse lungo l'intera radura. Un cane intuendo la presenza degli intrusi alzò lo sguardo, ma l'istinto gli suggeriva che non erano lì per le pecore, così li ignorò. Il cielo era nuvoloso quanto bastava per non distinguere i confini dell'orizzonte, ma chiaro a sufficienza per osservare le vicende che accadevano sotto la sua volta. Bilbao non era distante, si trovava a non più di un'ora di cammino.

Itzurza scrutava il profilo periferico della città, ma aveva l'impressione che in quella giornata uggiosa nulla le tornasse in cambio. Una smorfia le incorniciava il viso. Si era abituata a vederla da lontano, Bilbao, una forma che la attraeva ma al tempo stesso le suscitava diffidenza. Era come ammirare un'effige di cui non si comprende il significato, pur percependone la bellezza irrazionale. Dopo aver indugiato su quella vista per anni, Itzurza riconosceva nella malinconia apparente della città il quadro bilanciato della propria irrequietudine interiore.

Si era lasciata da poco l'adolescenza alle spalle Itzurza, e con essa tanti dubbi e incertezze che avevano caratterizzato l'entrata nella vita adulta. Prima mossa dalla curiosità, poi dall'istinto, aveva deciso di dedicare la sua vita alle cause che sentiva più vicine a sé, alla sua terra. Di queste, la militanza politica era l'essenza di tutte le altre. Era entrata da diversi anni in ETA, e quel suo ruolo nell'organizzazione la rassicurava sul confine che esiste fra il bene e il male, dandole quella docile illusione che le cose fossero bianche o nere. Il suo mondo si componeva di una serie di bisogni, il primo dei quali era la riconoscibilità nell'universo in cui si trovava, dotarsi di una serie di caratteri che l'avessero resa individuabile dalla sua comunità. Per tutti era *gudari*, la guerriera, in virtù della sua indole schiva e decisa. I suoi compagni avevano per lei un rispetto particolare, quasi che dalla sua aura di risolutezza fossero attratti e impauriti al tempo stesso.

Non era frequente vedere una ragazza rivestire un ruolo di responsabilità nel mondo dell'epoca, figuriamoci in un'organizzazione terroristica, e questa condizione bastava ad avvolgere Itzurza in un'aura di mistero. Si era trasferita a Bilbao alcuni anni prima, scegliendo un appartamento fuori mano, isolato, quasi a non voler lasciar traccia di dove si ritirasse nel suo tempo libero. Aveva riempito l'armadio di casa di tute mimetiche, *bufande* rossoverdi e giacche paravento, riducendo al minimo lo spazio per gonne e abiti da sera.

La dedizione alla causa basca aveva preso il sopravvento, e questo influenzò la sua intera esistenza, anche il suo sembiante esteriore. Più che dalla cura del suo aspetto era presa da come prepararsi e presentarsi all'azione successiva, da mettere in atto tutte le mosse per cementare la sua identità.

Anche le sue conoscenze erano limitate a uno stretto giro di persone, comunque legate all'ideologia politica che aveva abbracciato. Aveva rapporti con diversi gruppi d'Europa, dagli amici della vicina Catalogna con cui si vedeva in qualche rifugio lungo i Pirenei, fino a quelli irlandesi dell'IRA, con cui scambiava di tanto in tanto delle lettere.

Se nella fantasia rincorreva costantemente una fuga, nella realtà i passi di Itzurza la conducevano sempre nell'eterno ritorno alla sua terra: ormai il suo attaccamento verso Euskadi era viscerale.

Nella sua Eibar, nella quale tornava a rifiatare dalla sua vita complicata, i collegamenti erano scarsi e sulla soglia di casa, un edificio di legno perso in mezzo alla foresta, la aspettava Xavier, un padre da sempre intimorito dal suo spirito ribelle. Sua madre non c'era, era tornata nel suo paese di origine, nel Sud della Francia, e non ne aveva voluto sapere di portarsi dietro la figlia.

Il matrimonio fra i giovani Florine e Xavier era stata una scelta avventata, una di quelle azioni che si compiono di getto, per le quali il tempo non ha rispetto e che corrode come il fuoco, lasciando solo terra bruciata. Quando aveva trovato sul tavolo la lettera con cui Florine gli dichiarava esaurito il suo amore, Xavier non seppe cosa fare: gli pareva impossibile che nella sua esistenza così ordinata si fosse materializzato il peggiore dei rifiuti. Per un attimo l'idea di un gesto estremo lo aveva sfiorato. Ma, un istante dopo, aveva posato lo sguardo sulla piccola Itzurza, che giocava con piccole forme multicolori di legno in mezzo al giardino. Decise che non le avrebbe fatto mai una cosa del genere, e che avrebbe accudito al meglio delle sue forze l'unica donna rimasta nella sua vita. La sua indole, tanto cauta da essere irritante, si rivelò in quel frangente un'arma vincente, l'unica possibile per far crescere e maturare Itzurza. Mai avrebbe immaginato che da quella stabilità sarebbe nata la figlia più ribelle che il fato potesse assegnargli.

II

Ancora il turismo di massa non era arrivato in quell'angolo di mondo, ammesso che mai ci sarebbe potuto arrivare. Erano gli anni in cui si sfogliavano riviste specializzate, si ammiravano *reportage* di pochi avventurieri, e il viaggio era dominio assoluto della creatività. Un esercizio delle facoltà immaginative, supportato dalle copie che un giornale specializzato forniva con disinvoltura: immagini mai viste o concepite prima, uniche, gravate dalla responsabilità di identificare paesi interi, di dipingere contesti sterminati.

Doveva apparire così Bilbao al visitatore di diverse decine di anni fa, quando l'Athletic era la squadra più forte di Spagna: una città ancora anonima, consumata dall'industrializzazione repentina.

Ma il viaggio in sé non lasciava trasparire lo spaccato quotidiano dei luoghi esplorati. Quanti dettagli persi, quante storie che il tempo ha nascosto sotto il suo manto. Pochi di voi visitando la vicina San Sebastian si sarebbero chiesti della vita che nella sua baia si svolgeva, e ancor meno si sarebbero immaginati quanti amori nascessero all'ombra delle torri di Olite, nella vicina Navarra.

Franco aveva fatto di tutto per estirpare la cultura Basca da quella terra, per rendere omogenee tutte le genti sul suolo Iberico e governabile un paese da sempre frammentato. La stessa sorte era toccata, dall'altro lato dei Pirenei, ai Catalani, rei di difendere una cultura e dei tratti identitari che non si riconoscevano nelle stigmate della Castiglia. Quel palazzo, distante e distaccato dal resto, era la perfetta realizzazione di questo tipo di politiche: uniformare per controllare, una versione aggiornata e rovesciata del *divide et impera*.

Era un Paese in cui esistevano realtà troppo differenti fra loro per essere controllato da un unico potere, e troppo somiglianti perché quei poteri si potessero frammentare in repubbliche a sé stanti.

L'isolazionismo spagnolo era stato superato da qualche anno, con la firma del patto di Madrid del 1953, che di fatto aveva reso la dittatura franchista accettabile agli occhi dell'Occidente. Ma se il benessere era accresciuto, il *boom* economico era stato accompagnato da tensioni fra il Governo centrale e le Comunità più resistenti dell'intero suolo iberico. La crescita economica e la democrazia delle istituzioni erano un'offerta non sufficiente per svendere l'identità di un popolo, almeno secondo la versione e gli interessi degli indipendentisti. Morto Franco, la Spagna aveva imboccato quel cammino verso la democrazia, senza che le tensioni ai due lati dei Pirenei sembrassero placarsi.

Una radura verdissima sotto gli occhi e l'edificio alle loro spalle spuntava appena dalla nebbia mattutina. Erano una decina che si seguivano con lo sguardo in ordine sparso, dal più giovane al più attempato, dal più rilassato al più teso. Si poteva persino provare a stabilire la consistenza dei loro pensieri: Fabio, che aveva rinunciato all'incontro con la sua amante, era uno a cui la passione del guerriero saliva dentro in maniera più dirompente di quella dell'uomo, Saul, alla sua prima uscita con il gruppo, Miguel, il cui sguardo rilassato infondeva la calma necessaria per stemperare i momenti di tensione.

I più maturi erano lì per dare un senso al loro passato, i più giovani per illudersi di poterne avere uno in futuro.

Per quanto variegati, i pensieri di ognuno di essi erano più complessi e sfaccettati di quanto la penna di uno scrittore possa farvi credere. La nebbia aveva avvolto il sole, gruppi di passerotti cercavano riparo dall'umidità e un paio di somarelli seguivano un sentiero che si perdeva in lontananza. Le cose apparivano sfumate, e un silenzio autunnale percorreva il bosco nel quale si trovavano. In mezzo al verde, i pantaloni color militare di Itzurza si sposavano bene con la sua lunga chioma castana.

La si poteva scorgere nelle retrovie, quello di solito era il posto che le veniva riservato o, inconsapevolmente, si sceglieva quando partecipava a una spedizione simile. Aveva in mano una cartina del luogo, dove erano indicate strade e foreste, che aveva studiato per preparare al meglio quell'uscita. C'era pure un rifugio, a pochi chilometri di distanza, ma visto l'avvicinarsi della guardia civil avevano deciso di nascondersi per non offrire il fianco al nemico in camicia verde. L'area verde offriva almeno due soluzioni di fuga, una verso la vallata e l'altra, qualora li avessero scoperti, in mezzo alla foresta, in direzione Eibar. Lesse quella cartina inumidita almeno un'altra volta: aver individuato quelle possibilità di salvezza per l'intero gruppo la tranquillizzava.

Quel giorno all'Università avrebbe dovuto affrontare tre interminabili ore di lezione sull'identità di genere, da Professori che riempivano le aule di parole vuote, ed essere lì in mezzo per scrivere un pezzo di storia le pareva un'alternativa decisamente più eccitante.

Era uscita presto di casa, per assalire il mattino sin dalle prime ore, fingendo che quella giornata fosse una delle tante. Si era sistemata con cura: una tuta verde che la copriva fino alle caviglie strette nei suoi scarponi militari, una giacca marrone temprata da mille avventure, uno zaino verde chiaro, pesante all'apparenza ma leggerissimo da portare. Aveva con sé un coltellino svizzero, una torcia nuova di zecca e, perso da qualche parte in fondo allo zaino, un romanzo di qualche autore francese. Aveva agito nel silenzio dell'alba, per non svegliare Xavier, e si era portata dietro un paio di libri per rendere più credibile il proprio pomeriggio in Facoltà. Durante il cammino le prese fame: la sera precedente si era dimenticata di prepararsi il pranzo e adesso il suo corpo reclamava del combustibile. Passò al Café Iruña, il bar più antico di Bilbao, per un *pincho* e un bicchiere di *tinto*. C'era una fila di quotidiani sul tavolino di fianco, nuovi di zecca, accanto a riviste ingiallite e vecchi posacenere dell'epoca di Franco. Il locale era popolato da qualche gruppetto di baschi in là con gli anni, che alternavano qualche bicchiere a infuocate partite a carte. Il barista, dal folto baffo grigio, percorreva il tragitto dal bancone ai tavoli in modo meccanico, non lesinando qualche battuta per intrattenere i presenti. Itzurza stava sfogliando una copia di una vecchia rivista, ma nessuna notizia catturò la sua attenzione, tanto che iniziò a cercare intorno a sé qualcosa che la interessasse. Una partita a *mus*, tipico gioco di carte di quei luoghi, era appena terminata e un gruppo di baschi si alzò festoso da un tavolo rotondo e usurato, pregustando il prossimo giro di birre che gli avversari sconfitti avrebbero offerto loro. L'orologio marcava un quarto all'una quando Itzurza intravide Martin, suo vecchio compagno di classe, nonché strenuo corteggiatore di un tempo. Il giovane le rivolse un cenno, un tentativo di impostare un dialogo. Un sorriso smorzato le segnò il volto. Itzurza lo degnò d'uno sguardo amichevole, ma nulla di più.

Sistemò lo zaino sulle spalle, lasciò andare il quotidiano e, mappa alla mano, imboccò la strada per la foresta. Martin la seguì con lo sguardo, prima che la sua sagoma si confondesse con la folla, distante.

Il gruppo aveva trovato un sentiero nascosto tra piante di eucalipto e arbusti di mirto, che permetteva spostamenti nel massimo riserbo. ETA era divisa in una serie di gruppi diffusi capillarmente, ognuno dei quali era dedicato ad un'attività specifica. C'erano i corrieri, che facevano viaggiare le notizie da un capo all'altro di Euskadi; la milizia vera e propria, che possedeva quantità ingenti di armi e usciva di rado solo per le azioni di guerriglia; gli esploratori, la cui mansione era quella di pattugliare il territorio e informare delle mosse del nemico. Itzurza faceva parte di uno di questi ultimi, e in quelle giornate piovose era stata coinvolta in un'ispezione ad ampio raggio su tutta la regione. Cartina alla mano, i luoghi da perlustrare erano molti, il tempo sempre scarso. A guidarli c'era Miguel, uno che la resistenza la viveva sulla pelle da decenni, la cui esperienza era il vero tesoro di quel gruppo.

I rumori in lontananza tenevano viva l'atmosfera del loro osservatorio protetto, riuscendo ad arrivare alle loro orecchie nonostante la pioggia battente.

Avevano trovato una posizione strategica per studiare le mosse dell'avversario esposto nella vallata sottostante. Ma, nonostante l'altitudine li premiasse, la quantità dei puntini verdi che si affollavano sotto al loro sguardo divenne presto un campanello d'allarme. Appena realizzarono l'entità delle forze avversarie, decisero di trovare riparo nell'edificio adiacente alla strada, un blocco di cemento di chiara origine franchista.

Negli ultimi giorni gli scontri con la guardia civil si erano intensificati, in particolare a causa della dichiarazione del coprifuoco, adottato per scongiurare le riunioni nascoste di cellule terroristiche. Da una breve rappresaglia, lo scontro era diventato acceso: i giovani baschi avevano raccolto i sassi bianchi, bianchissimi della baia di Portugalete scagliandoli contro le divise verdi della guardia civil, colpevoli di incursioni non autorizzate nella loro terra. Quei ciottoli erano simbolo di una terra che caccia indietro l'altra terra, quella del presunto oppressore. Una guardia, un giovane galiziano, era stato ucciso proprio la settimana prima a seguito di una rappresaglia, e i suoi colleghi avevano giurato vendetta. Era l'autunno del 1981, e lo scontro del mondo basco contro il potere centrale spagnolo era al culmine. Dopo i rapimenti dei due giudici della corte suprema Spagnola, rei di aver condannato due capi baschi all'ergastolo, Madrid aveva deciso di rafforzare il controllo militare sulla regione. Il dialogo politico non riusciva a pacificare la questione, viste le ingenti risorse fiscali che i baschi reclamavano senza arretrare di un centimetro le loro richieste. Le azioni volte a difendere l'identità di popolo dovevano andare di pari passo con le risorse economiche necessarie per attuarle. Risultato fu che gli scontri divennero più frequenti. Le missioni di ETA, data l'enormità del potere madrileno, non potevano che ridursi ad azioni di guerriglia, a sortite sporadiche, ma questo bastava affinché la situazione non volgesse totalmente a favore del governo centrale. Quella odierna doveva essere un'azione di osservazione, così almeno sperava Itzurza, mentre seguiva sicura Miguel in tutte le sue movenze.

Al confine della regione di Bizkaia la sera era calata repentina, e in men che non si dica aveva iniziato a piovere più insistentemente.
Da quando Itzurza era entrata in ETA tanti dubbi riguardo la vita erano evaporati, o almeno così credeva. Lentamente il nazionalismo basco le aveva dato una forma, una struttura che, per certi versi, aveva addirittura messo in discussione la sua identità.

Vivere per un'idea aveva un prezzo da pagare, e rinunciare alla propria individualità era uno di questi.

La sua vita non aveva mai vissuto scossoni particolarmente rilevanti, e le occorrevano scenari simili per sentirsi viva. Aveva qualità speciali, fra tutte la sua perspicacia, il saper leggere le situazioni e scegliere sempre come muoversi nel modo più opportuno.

Un compagno stava per salire sopra un mucchio di pietre, intenzionato a perlustrare la vallata con lo sguardo. Itzurza lo riconobbe abbastanza bene dal profilo moresco, con lo sguardo tagliente come una lama inossidabile. Era Sergio, un giovane alto e di bell'aspetto, con la fronte alta e i capelli raccolti. Le faceva la corte da qualche mese, ma Itzurza non lo aveva degnato nemmeno di uno sguardo: la sua smania di protagonismo mal si adattava con l'indole silenziosa di lei, che lo degnava di risposte a monosillabi e sguardi anonimi. Stava per sporsi, e nell'istante in cui la sua figura sarebbe diventata visibile alle guardie uno sguardo più tagliente, più maturo del suo, lo intimò di bloccarsi.

Un cecchino, in lontananza, aveva preso di mira proprio quel mucchietto di sassi, e se non fosse stato per l'ammonimento di Miguel, il mentore del gruppo, a quest'ora Sergio sarebbe accasciato a terra, privo di memoria.

IV

Miguel.

Quando Itzurza lo guardava da lontano, riconosceva in quella figura tutta la vitalità, tutta l'energia, che secondo lei dovevano caratterizzare gli uomini, ma che non aveva mai trovato in suo padre Xavier. Lo osserva, quasi onnipotente, mentre da un lato controlla i movimenti dei nemici, e dall'altro non perde un attimo di vista la disposizione del suo gruppo nel riparo che hanno trovato. Nella sua immaginazione, Miguel era veramente uscito da un libro della Resistenza: era come se nella sua essenza di uomo si fossero incrociate tante identità in una sola, come se avesse combattuto tante guerre, e ancora adesso il suo cuore non fosse stanco di insegnare ai discepoli il sapore della libertà.

Classe 1916, l'errore più grande di Miguel era stato quello di scegliere la parte più scomoda della barricata, quella di coloro che la guerra civile l'avrebbero persa e ne sarebbero stati segnati per sempre. All'epoca, prima di iniziare la lotta, amava Laura, che conobbe giovanissimo, all'alba della Seconda Repubblica Spagnola. Ma la sua indole lo portò lontano da lei, verso mondi ignoti, lontano dalla comodità di una vita normale. Laura lo aspettava in quel paesino incastonato sui monti della Navarra, ma le sue preghiere non furono esaudite.

Miguel era stato spesso in prigionia, e se si fosse provato a calcolare gli anni che aveva trascorso in carcere, sarebbe risultato che aveva passato almeno tre lustri della sua vita in qualche angolo umido e buio di una cella. Miguel era la rappresentazione ideale dell'eroe, schivo verso gli altri in giovane età, altrettanto bisognoso di compagnia quando la soglia dei 70 anni stava per bussare alla sua giacca marrone. Il suo sguardo tipico se lo era guadagnato quando una guardia franchista lo aveva sfigurato, vicino Guernica, quando aveva poco più di vent'anni. Era nel bel mezzo della guerra civile, fu catturato e marchiato per sempre con un coltellaccio a serramanico. Da allora ogni ordine emanato da quella cicatrice non avrebbe lasciato ai suoi futuri discepoli altra alternativa che l'obbedienza. Subito dopo la guerra civile venne esiliato in Francia, non distante da quella Vichy che era sotto il controllo del governo collaborazionista. Lì Miguel seppe come reagire alle ingiustizie: con un gruppo di amici partecipò alla liberazione di Parigi del 1944 da parte degli spagnoli che si erano arruolati nella legione di *La Nueve*, toccando il punto più alto della sua vita. Aveva appena 28 anni, e quella fu la prima di una lunga serie di lotte armate che lo avrebbero condotto alla soglia della senilità.

Capì in quel momento che quella era la vita cui era destinato, che alla comodità di un focolare avrebbe sempre preferito la lotta per i suoi ideali. Si spostò spesso per le varie missioni in quella che era l'Europa divisa dal Muro di Berlino, imparando prima il Francese, poi l'Italiano e persino qualche parola di Russo: ora grazie a dei compagni d'armi stranieri, ora grazie alla lettura dei romanzieri dell'epoca. Nel frattempo, da Sud, da quei monti della Navarra così remoti, Laura continuava a pregarlo, a indicargli la via per un focolare domestico: sperava che con la fine delle ostilità avrebbero finalmente condiviso un nido in mezzo ai Pirenei. Ancora una volta, Miguel decise di non ascoltare quei richiami, di andare oltre, per dedicarsi alla sua lotta. Pensava che sarebbe potuto tornare alla vita di sempre, al suo amore primigenio quando avrebbe voluto, un po' come Ulisse nella sua Itaca per rivedere la sua amata. Purtroppo per lui, Laura non era Penelope: una donna, si sa, può accettare un primo rifiuto, ma dopo il secondo non concede altre opportunità, e da lì in poi il richiamo concreto di Laura lasciò spazio a un'eco lontana.

Fu così che dopo quell'impresa con *La Nueve*, Miguel prima si arruolò nei giovani che costituirono ETA poi, visto che l'età avanzava, si ritagliò negli anni uno spazio come coordinatore dei giovani miliziani per lasciare spazio ai più giovani e tranquillità al suo cuore.

Aveva recentemente collaborato alla formazione di Herri Batasuna, il Partito nazionalista basco, ma senza per questo ambire ad una carica politica. Miguel aveva

65 anni, col passare del tempo aveva vissuto le varie stagioni della resistenza armata. Aveva visto sfilare sotto i suoi occhi generazioni di giovani che con l'andare dei decenni sembravano perdere la loro purezza in favore di un opportunismo miserabile e imprudente. Sergio era uno di questi, il prototipo del cambiamento innaturale e inspiegabile per chi ha creduto in un ideale, la cui smania di protagonismo poteva essere un pericolo per tutti.

Nel frattempo, il partito si era troppo politicizzato e Miguel di questa deriva clientelare non voleva saperne niente. Continuava a combattere imperterrito, pur sapendo quanto marciume si fosse insinuato nei meandri dell'organizzazione. Pensava pure che la stessa strategia di ETA avesse preso una strada sbagliata: se la lotta armata era giustificata durante il Franchismo, dopo il 1975 la strada per la cessazione del conflitto era quella più intelligente da seguire, che avrebbe risparmiato morti da un lato e dall'altro della barricata. Miguel provò a far sentire la sua voce in tal senso, ma dovette presto rivedere le sue posizioni, per paura che lo stesso potere di ETA potesse ritorcersi contro di lui.

C'era chi, addirittura, dopo la venuta meno del Generalissimo si era tolto la casacca nera del franchismo per abbracciare le cause più varie, tanto che si potevano contare da tempo ex-franchisti in Herri Batasuna e forse persino in ETA. Spesso lo sfiorava il desiderio di avere una vita diversa, una figura da abbracciare, una donna da amare. Ma Laura, che aveva ormai esaurito il suo canto, si era allontanata per sempre, e la sua sagoma era un ricordo di una possibilità mai vissuta. Si ritrovò nelle mani una vita che non avrebbe voluto: una scelta presa da giovane che lo aveva inebriato, costringendolo però in cambio a privarsi di quell'amore che avrebbe potuto accompagnarlo fino alla vecchiaia.

Da anni scrutava le nuove reclute con diffidenza, con una punta di superiorità derivante dal timore che qualcuno più giovane potesse mettere in discussione la sua *leadership*. Miguel iniziava a essere stanco di quel ruolo di guida: non lo abbandonava solamente perché la vita non poteva offrirgli alternative. Credeva ormai sempre meno nei principi per i quali combatteva, ma ormai non aveva alternative alla vita che stava conducendo. Avrebbe preferito incontrare la morte durante un'incursione piuttosto che spegnersi lentamente e senza la dignità del guerriero in un ricovero per anziani.

Il suo rapporto con Itzurza all'inizio non fu dei migliori. Dal primo giorno, forte dei suoi pregiudizi, Miguel la catalogò come inadatta a quel tipo di vita e attività; la riprendeva per ogni singola mossa sbagliata, per ogni iniziativa presa senza aver ricevuto prima un ordine, per un articolo scritto male nel giornale della resistenza, o per il modo con cui giungeva stremata alla fine degli attacchi.

Ma qualcosa cambiò la mattina dell'azione vicino a Vitoria quando Miguel si ritrovò con il fucile scarico: se non fosse stato per quella giovane basca, e il suo aiuto durante l'incursione, Miguel non avrebbe più potuto sfoggiare la sua cicatrice di guerra e vantarsene. Questo cambiò le cose e bastò per prenderla in simpatia, tanto da farla diventare sua allieva prediletta. Arrivò addirittura a consultarla quando doveva prendere una decisione e sempre più spesso ascoltava il suo parere e le sue riflessioni, a volte cambiando persino le proprie opinioni per allinearle a quelle di lei. Se all'inizio pensava di averla presa con sé per il semplice fatto che una donna non avrebbe mai potuto mettere in discussione il suo ruolo, Miguel si dovette ricredere sulle doti di Itzurza, che nel tempo divenne essenziale per tutto ciò che riguardava l'organizzazione dei lavori del gruppo. Aveva capito quanto per lei le radici fossero davvero importanti.

Come un mentore aveva preso Itzurza sotto la sua ala protettrice: c'erano più di 40 anni di differenza fra i due, ma vedendoli vicino, nessuno notava la differenza di età.

Miguel ripensava a tutto questo, mentre foglie gialle e rosse tappezzavano il bosco. C'era pure qualche bel porcino nella boscaglia adiacente, e ripensava che, in tempi più tranquilli, una gita a funghi sarebbe stata sicuramente un'alternativa più adatta per quella stagione. A interrompere questo flusso, un fischio lo riportò alla realtà.

Uno sparo.

Il nascondiglio era scoperto. Non c'era tempo. Allo sguardo infuocato di Miguel, Itzurza capì che c'era una cosa sola da fare.

Fuggire.

V

Lo sguardo era sfocato.

Un tessuto marrone impediva alle pupille di evadere e distinguere i contorni delle cose. Dentro di lei un terremoto, un rilevatore in disuso che non segnava più i movimenti esatti del corpo. Senso d'afa, colpi regolari ai lati del cranio, scarpe che non reggevano più la pressione del corpo. La fuga impervia. Andò a sbattere contro un albero, poi contro un altro, infine cadde senza riuscire più a risollevarsi. Si era sporcata le mani di fango, e la tuta era strappata dal lato destro. Strinse rabbiosa un sasso fra le mani, che le dette l'energia per rialzarsi e continuare la sua corsa.

Era l'inverno di qualche anno fa quando nella stessa vallata incrociava spesso Martin, sfortunato a voler sedurre un'anima destinata ad altre mete. Povero Martin. Bisogna essere davvero sventurato per corteggiare l'unica compagna di classe che alla vita in famiglia, una vita casalinga e sicura nelle sue abitudini, aveva preferito combattere una guerra più grande di lei. Qualcosa l'aveva ferita, non ricordava se fosse stato un sasso mentre cadeva o un frammento di proiettile. Aveva fatto qualche centinaio di metri correndo, e non riusciva nemmeno più a distinguere la sensibilità nelle parti del corpo più lontane dal cuore. Nella corsa doveva aver perso pure la torcia, dato che con il solito movimento della mano non riusciva più a trovarla, ma quella corsa era troppo repentina per potersi fermare a controllare l'equipaggiamento. La pioggia batteva forte e, in mezzo a quella tempesta, Itzurza scorse una struttura in legno.

Una porta di larice, le mani sulla maniglia. Itzurza si chiuse la porta alle spalle. I capelli le disegnavano un quadro astratto sopra i lineamenti del viso, mentre la sua tuta militare mostrava i segni del tempo, segnata dalle troppe corse e dall'umidità incessante. Un bravo pittore l'avrebbe immortalata e avrebbe fatto fortuna con la sua figura provata dalla vita, mentre un bravo stilista avrebbe avuto da ridire sulla taglia dei suoi vestiti. Aveva intravisto Miguel che fuggiva dal lato opposto dell'edificio, ed era sicura che con la sua esperienza se la fosse cavata, certezza che non aveva riguardo agli altri commilitoni.

Il sole si era ritirato e la tenda impediva al bagliore della luna di penetrare dalla finestra. Prima del suo ingresso si poteva distinguere il battito del pendolo, mentre adesso il suo respiro a tratti profondissimi rimbombava senza posa tra le mura di quel riparo.

Le candele di casa erano spente da un pezzo, ma Xavier sapendo la propria figlia in guerra, non aveva preso ancora sonno. Ormai si sentiva coinvolto anche lui nell'inevitabilità di quella causa, come colui che sa che non può cambiare una storia già scritta. Vedendola stremata, di fianco al portone di casa, cinse le figlia con le sue braccia possenti, e con un moto paterno la riportò al calore del suo nido. Itzurza riprese a muoversi, a respirare correttamente, mentre la pelle riacquistò lentamente un colore roseo. La adagiò sul divano di fronte al focolare, riaccese il fuoco e la coprì con una coperta di lana.

L'indole silenziosa di Xavier lo aveva sempre premiato nella vita. O almeno così credeva. Non aveva mai ribattuto le scelte della figlia ma, ogni volta che la vedeva entrare e uscire da quella porta, il suo cuore aveva un sussulto silenzioso. Aveva un piccolo negozio in paese. All'epoca del franchismo se ne stette chiuso nelle sue mura domestiche, per paura che la storia con la *S* maiuscola potesse anche solo sfiorarlo. Il copione si rinnovò al tempo di ETA, quando rimase indifferente a quel mondo che stava cambiando per sempre. Rivoluzione o reazione? Tanto l'una quanto l'altra alternativa gli sembravano di sicuro rischio, cosicché decise per un equilibrio fra due mondi apparentemente inconciliabili. I suoi timori più grandi, tuttavia, non vennero dall'esterno, ma dall'interno del focolare domestico. Se gli avessero chiesto un'opinione sulla figlia, il vecchio Xavier avrebbe confessato una paura tremenda che qualcuno gli portasse via l'ultima cosa che gli era rimasta. Florine lo aveva lasciato quando ancora Itzurza era bambina, forse insoddisfatta della vita che conduceva, forse annoiata dal grigiore della Biscaglia. Fatto sta che Xavier si era ritrovato Itzurza fra le mani e l'aveva educata, a forza di sacrifici, alla vita equilibrata. Il nonno era stato uno dei primi ambasciatori del Regno in giro per il mondo. Da piccolo aveva viaggiato con lui, prima nelle Americhe, poi fino alle estremità d'Oriente, affacciandosi a quel mondo con sguardo infantile. Ma quella favola non durò a lungo, perché al nonno costò cara l'opposizione al regime franchista, e dovette ipotecare l'intera fortuna accumulata negli anni. Da quel momento Xavier pensò quanto sarebbe stato saggio rifiutare ogni tipo di diatriba e non schierarsi mai in faccende politiche. È evidente perciò quanto potesse essere contrariato quando l'unica figlia aveva deciso di arruolarsi in quella guerra più grande di lei. Ma quella ragazza, quell'unica figura femminile che gli era rimasta al mondo, rappresentava ciò che lui avrebbe voluto essere, quel ribelle che non era mai stato. Si limitava, nel silenzio, ad osservare le sue gesta, a scoprire come qualcuno del suo stesso sangue avesse un ideale per cui lottare strenuamente.

Il legno di quercia iniziò a fiammeggiare, le scintille si levavano come in una danza ipnotica, mentre qualche favilla si disperdeva nel camino. Xavier la osservò ancora una volta, prima che cadesse in un sonno profondo.

VI

Guernica, aprile 1982

Le fronde delle querce erano rilassate come un bambino che si addormenta tra braccia materne dopo un pomeriggio passato a giocare. Così come la quercia, tutta Guernica era sonnacchiosa in quella primavera inoltrata.

Era la prima settimana di sosta dopo una serie di attacchi che avevano segnato l'inverno di quell'anno. Si notava uno strano movimento al largo della baia di Portugalete, e le varie associazioni basche si davano un gran da fare per capire cosa stesse succedendo. Si parlava di un'opera che doveva vedere la luce proprio a Nord di Bilbao, ma ancora i vari infiltrati non erano riusciti a reperire quell'informazione. Miguel aveva pianificato le operazioni del suo gruppo, in base alle indicazioni reperite dai suoi osservatori. Le attività degli uomini di Miguel erano soprattutto di ricognizione e osservazione dei movimenti del nemico, e Itzurza non mancava mai di prendere nota di ogni mossa e suggerire al suo mentore nuove strategie. Si era ripresa dall'ennesimo scontro della settimana prima, e solo una fascia bianca le proteggeva quel gomito che ancora adesso la pungeva. Sosteneva che non fosse nulla, benché evitasse di sollevare qualsiasi peso con il braccio incriminato.

Si trovarono a Guernica sul fare della sera, Miguel e Itzurza, per un breve incontro con Santiago, un infiltrato nella guardia civil che li mise al corrente delle ultime mosse del governo sulla regione. C'erano alcune ipotesi sul tavolo, tutte da validare. Alcuni sostenevano che quel movimento a nord fosse in realtà un diversivo per distrarre l'opinione pubblica da altre manovre militari al largo della Galizia, ma il timore dominante era che fosse il primo passo per la costruzione di una centrale nucleare, dopo i tentativi falliti da parte del governo di impiantarne una a Tudela, in Navarra. Miguel ascoltò impensierito tutte le informazioni riportate del giovane Santiago, mentre Itzurza si appuntò ogni indicazione che le sarebbe stata utile. Dopo questo breve colloquio nel bar all'angolo della piazza altri baschi di loro conoscenza li raggiunsero.

Per la serata era previsto un breve pellegrinaggio proprio lì, a Guernica, simbolo della resistenza basca, che veniva tacitamente accettato dalle istituzioni spagnole per paura di disordini ancora più grandi. Miguel si unì alla fila di baschi, seguito a pochi passi da Itzurza e da Sergio, che nel frattempo li aveva raggiunti. Santiago prese la via di casa, per evitare che la sua presenza in quella manifestazione facesse dubitare della sua fede alla corona. In quella piazza era possibile riconoscere in fila sparsa tutti gli altri componenti della squadriglia, il cui disordine delle movenze racchiudeva una silenziosa unità d'intenti. Le associazioni basche potevano contare su di una comunicazione capillare che le teneva al corrente di tutto ciò che accadeva in Euskadi. Fra le varie attività, l'organizzazione del pellegrinaggio a Guernica era un rito sacro.

Da Irún a Ondarroa il cielo si era rasserenato, e l'ondeggiare della marea rifletteva una calma apparente. Proprio nella città di Guernica, tedeschi e franchisti scatenarono una delle azioni belliche più cruente di tutta la storia recente. Era una mattina di primavera, quando il corso della storia cambiò direzione: Miguel la ricordava bene, quella mattina, che gli lasciò sulla guancia destra una cicatrice difficile da dimenticare. Uno degli ultimi ricordi, prima che venisse esiliato in Francia fino al termine delle ostilità.

Quella sera Itzurza era insolitamente deconcentrata. Tutte le figure seguivano il rituale, mentre il suo sguardo era rivolto altrove. La sacralità di quell'evento pareva non trascinarla come di solito le accadeva. Una piccola crepa si era aperta in lei. Non riusciva a ricordare dove avesse già visto uno dei ragazzi che osservavano il corteo, a pochi metri da sé. Impossibile che fosse uno di loro, doveva averlo visto in facoltà.

Chi era quel volto, dove lo avevo già incrociato?

VII

Bilbao, aprile 1982

Prese l'alba in contropiede, e giunse in biblioteca all'apertura. Itzurza entrò in Facoltà decisa a essere produttiva: in serata avrebbe avuto mille impegni e non poteva permettersi pause.

La Facoltà si trovava proprio al limite dell'anello cittadino, a metà fra la boscaglia e le principali vie di comunicazione. La biblioteca era un edificio alto e solido, nel quale si articolavano le diverse sezioni in base alle Facoltà. Quella di Sociologia era situata al limite dell'edificio, e da là si poteva ammirare tutto il profilo della città.

Itzurza afferrò un grosso tomo di colore rosso porpora, poco sopra la sua testa, e un dolore lancinante corse dal gomito alla spalla. Era il colpo della settimana prima. Probabilmente era scivolata sopra un sasso, o comunque su qualcosa di acuminato. Ci aveva messo una pomata ricavata da un arbusto della foresta, ma il dolore era stato lenito solo in parte. Passò velocemente in bagno, dove salutò un paio di ragazze che conosceva, si asciugò la ferita e riposizionò con cura la fasciatura. Quando uscì Martin le rivolse un sorriso timido dall'altro lato della stanza ma, la sua risposta con la scusa del gomito, fu un abbozzo di sorriso di circostanza.

Tornò alla sua postazione, aveva raggruppato altri tre testi che le servivano per gli esami del mese successivo. I libri si accumulavano, le scadenze passavano senza che ciò producesse effetti sul ritmo del suo studio, sempre rallentato da un'altra serie di impegni ravvicinati. Ormai il suo percorso era quasi giunto al termine. A dire il vero, l'idea di finire l'Università la terrorizzava. Aveva quasi 27 anni e quel limbo le permetteva, da un lato, di poter condurre la sua esistenza in difesa di qualcosa in cui credeva, dall'altro di non prendere una posizione fissa nella società, di rimandare continuamente i suoi obblighi di donna in un mondo prettamente maschilista. Era al quarto piano del condominio della vita, e Itzurza non si decideva a chiamare l'ascensore per salire un po' più in alto. Se le avessero chiesto cosa desiderasse, avrebbe risposto di ondeggiare in quel limbo, non voleva né scendere né salire: vivere un Purgatorio perpetuo.

Salì all'ultimo piano, ma solo della Biblioteca, per l'appuntamento con il relatore della Tesi; nei suoi calcoli l'avrebbe presentata nel corso del semestre successivo, missioni permettendo. Alfonso, un vecchio francese di Pau ormai prossimo alla pensione, assecondava tutte le richieste della giovane discente. Anni prima, tanti anni ormai, era riuscito a ottenere quella cattedra come compensazione di una lotta fra baroni all'Università. Il giovane Alfonso si era trovato in mezzo a una lotta che non voleva combattere e così, senza colpo ferire, ottenne la cattedra giovanissimo, a soli 31 anni. Il Franchismo all'epoca imperava e l'essere francese, paradossalmente, aveva facilitato la sua scalata all'Accademia, lacerata anch'essa dai conflitti politici.

La sua vita era un inno alla lentezza. Non riusciva a sentirsi coinvolto dalle argomentazioni che proponeva Itzurza, la sua concentrazione veniva palesemente meno, e non riusciva a nasconderlo, il suo sguardo si spegneva dopo qualche secondo di svogliata attenzione. Rese alla giovane i capitoli della tesi che stava ultimando e, senza ricordarsi la tematica di quel lavoro, le sorrise, in attesa che l'informazione mancante potesse tornargli alla mente.

Scendendo, Itzurza notò un gran fermento. La facoltà era particolarmente vivace. Gli scontri degli ultimi mesi avevano interessato da vicino il mondo accademico, politicizzandolo ed estremizzandolo. Ma quel giorno l'aria sembrava essere meno densa sopra le teste dei ragazzi, tutto appariva più frammentato e libero da disegni superiori che trascendono le esistenze e le incanalano in tracciati già prestabiliti. C'era Ramon, che dopo ogni delusione amorosa si chiedeva se non fosse il caso di ritirarsi a vita monastica, c'era Arbeta, la più stravagante, che spendeva pomeriggi in biblioteca, ottima vetrina solo per pianificare il prossimo attacco alla base della polizia locale, e Luis, molto indietro negli esami, che seguiva a passo d'uomo gli spostamenti della sua amata, senza capire mai il vero motivo delle sue azioni. Luis avrebbe avuto la stoffa dello studioso, ma la sua relazione con Arbeta lo distoglieva da certi impegni rendendolo meno incline a stare sui libri universitari.

Nella facoltà di Bilbao tutti si conoscevano, almeno di vista, e i pochi stranieri erano visti con un misto di curiosità e rispetto.

Itzurza intravide subito quella sagoma fra la folla.

Riconobbe quel punto nero in quel mare bianco, e ne fu irrimediabilmente attratta.

Possiamo ripeterci che quel volto non ci piace, che quella scelta non va presa, quella parola non va detta. Ma se scaviamo in profondità c'è qualcosa che non possiamo cambiare, un fiume carsico che pian piano ci logora e fa venire alla luce i nostri veri desideri.

Quel profilo e quei capelli castani su una giacca blu la colpirono subito, ma distolse l'attenzione da lui. Come ogni volta che proviamo un desiderio che non vogliamo confessarci, cerchiamo di coprirlo, di oscurarlo alla vista, di metterlo nel dimenticatoio. Il ragazzo, vedendola in difficoltà, le sorrise. Itzurza non seppe come reagire. Gli occhi presero la via del pavimento, e le gambe si affrettarono a imboccare l'uscita.

L'aria aperta le ridette respiro, ma un lieve mal di testa la accompagnò per ore.

VIII

"Allora, raccontami di te".

Aveva perso il conto del tempo passato da quando un uomo non le mostrava quel tipo di interesse, e ancor più tempo era scivolato via da quando Itzurza aveva mostrato un coinvolgimento verso quel tipo di approccio.

"Inizia tu, Spagnolo", ribatté immediatamente.

Calle di San Mames aveva sempre meno persone a quell'ora del giorno: la primavera era alle porte, e la sua brezza risvegliava gli innumerevoli dubbi sul passato.

Ricardo si era insinuato nella sua vita come un fulmine a ciel sereno, e l'accomodarsi in quella veranda di un bar era la conseguenza del loro incontro di qualche giorno prima.

Ordinò un caffè, si schiarì la voce e iniziò a parlare. Si era da poco trasferito a Bilbao dalla capitale, conosceva poche persone, e il fine settimana allungava i suoi spostamenti dal Paese Basco sino a Biarritz. Aveva una fisionomia decisa, lunghi capelli castani e un pullover ampio che definiva la forma del corpo. Itzurza notò la disinvoltura e la sicurezza con cui si esprimeva, come se stesse leggendo un copione di una scenografia della quale si sentiva protagonista. Seguiva con attenzione tutte le parole che uscivano dalla sua bocca, il rapporto conflittuale con le sorelle, quello distante e distaccato con la madre e, quando fu il suo turno, si sentì stranamente impacciata. Era rimasta turbata dal racconto, dalla naturalezza con cui si era espresso, e capì di trovarsi di fronte qualcuno che le interessava. Inconsciamente le balenò in testa il timore che la sua femminilità non fosse all'altezza delle aspettative di un uomo segnato da quelle esperienze.

Era così immersa nel dialogo che le era passato di mente l'impegno con i suoi compagni. Quando se ne ricordò, la riunione era già iniziata. Miguel doveva avere qualcosa di grosso tra le mani, e mancare a quegli incontri preliminari poteva farla scivolare in basso nelle gerarchie del gruppo.

Rammaricata fece per alzarsi, dicendo a quel ragazzo dai modi decisi e gentili che proprio non poteva restare. Ricardo fece il tentativo di convincerla a rimanere ancora un po', chiedendole di non privarlo così bruscamente della sua compagnia.

"Sicura? Guarda che non è gentile lasciare la conversazione a metà", le disse con tono risoluto.

Il cameriere, completo bianco e bottoni dorati, venne in suo aiuto, chiedendo ai due giovani se desiderassero altro.

Itzurza rimase in stallo. Non riusciva a decifrare le sue sensazioni, perché da anni un uomo non la corteggiava. Si fece silenziosa e il suo sguardo racchiuse in un attimo tutte le sfumature della parola timidezza.

"*Sì*", disse con una fermezza incerta che faceva intravedere la crepa nelle sue sicurezze, "*prendo qualcosa*": sorrideva, alla ricerca della stabilità improvvisamente perduta. Accettò quella sfida della seduzione, e giurò che non sarebbe stata lei a soccombere.

Ricardo si alzò, si diresse verso il bancone e, noncurante degli sguardi di sfida dei presenti, ritornò tenendo un bicchiere in ciascuna mano.

IX

Un divano color panna, la vista dall'appartamento di Calle San Mames. I profili si alternavano veloci mentre riecheggiava il rumore del mercato poco distante. Una ringhiera *azul* su sfondo bianco. Un richiamo all'Andalusia, a vite parallele. Un padre che insegnava a suo figlio il significato della quercia basca, ma la mente del giovane era presa da attività meno legate al suo destino.

Quando gli occhi di Itzurza si aprirono venne colpita dal riflesso di un raggio di sole che la infastidì, mentre dolcemente l'avvolgeva. La stessa sensazione di dolce costrizione che provò ritrovandosi stretta tra le braccia di Ricardo.

Mentre tornava a rilassare le membra, dopo un iniziale irrigidimento, pensò che avrebbe dovuto trovare una buona scusa con Miguel.

Ricardo l'aveva condotta a casa sua, vicina alla città vecchia, e i sensi avevano preso il sopravvento.

Ormai era mattina inoltrata, quando scesero in strada.

Nonostante la tempra da guerriera, Itzurza aveva bisogno di riposo: non dormiva da quasi tre giorni, e la fatica dell'ultima notte aveva dato il colpo di grazia alle sue energie.

Ricardo le passò una sigaretta. La osservò, di sfuggita: *"E voi in Spagna fumate questa schifezza?"*. Prese quella cicca, la ruppe fra le mani, e iniziò a rollarsi del tabacco in un filtro.

"Non ti annoi mai, vero? E oggi dove ti condurranno i tuoi passi?". Ricardo le pose una domanda tagliente, che l'avrebbe colta di sorpresa, se non fosse stata abituata alla vita. Faceva sempre così Itzurza. Era talmente gelosa del suo mondo che non voleva condividerlo, né abbandonarlo. Ma qualcosa in quel profilo integerrimo la colpì, qualcosa che non avrebbe potuto spiegare né a sé stessa né, soprattutto, ai suoi compagni d'armi.

"Forse all'Università, forse una gita in montagna, non so".

"E se andassimo insieme al mare? Mi hanno detto che ci sono scorci fantastici sulla costa", la invitò lui.

"No, lascia stare, avrò sicuramente una giornata impegnata".

Gli sorrise, prendendo la via più veloce per tornare al suo rifugio.

X

La aspettava davanti a un tè fumante.

I bar stavano aprendo proprio a quell'ora per il turno serale, mentre tante coppie di anziani percorrevano quelle vie consumate dal tempo.

Erano passati un paio di giorni dal loro incontro, e avevano deciso di rivedersi il giovedì, l'unico momento in cui erano entrambi liberi dai rispettivi impegni.

Itzurza era in ritardo; aveva lasciato a metà le ricerche all'Università, e dopo una chiacchierata di qualche minuto con Miguel si era diretta al Café Central. Aveva con sé uno zaino rosso e verde, nel quale si confondevano testi universitari, cartine topografiche e tabacco.

Ricardo ordinò un tè verde al limone, che scoprì essere anche il favorito di Itzurza. Veniva da una famiglia benestante della costa Valenciana, e si era trasferito da poco in Biscaglia. Data la rilevanza della sua famiglia, era stato naturale per lui frequentare i migliori studi e ottenere incarichi di un certo rilievo nel settore di cui si occupava. Una famiglia benestante ma ingombrante, da cui aveva scelto di prendere le distanze. Non vedeva quasi mai la madre, con il padre aveva un rapporto che non poteva definirsi di affetto, visto che si basava principalmente su interessi politici e lavoro, e con le sorelle, in continuo contrasto tra loro, non riusciva ad avere una comunicazione sana, troppo influenzata dalle vicissitudini che separavano ogni componente di quel nucleo famigliare.

Itzurza lo ascoltava con attenzione, senza perdere un dettaglio di quelle parole che gli fluivano dalla bocca.

Nella sua testa prendevano corpo personaggi e storie che caratterizzavano la sua vita, i suoi incontri.

"Tu, invece, sei sempre impegnata con l'Università?"

Non voleva confidarsi troppo, e quella dell'Università le pareva la miglior copertura per i suoi impegni nel golfo di Biscaglia. Sbottonarsi in presenza di altri non le era mai piaciuto, e anche questa volta avrebbe rispettato la regola che si era imposta.

La condusse a casa sua. In quei giorni Bilbao era particolarmente animata, e linee indiscriminate di persone si rincorrevano.

"Insomma oggi niente impegni eh?", Sottolineò Ricardo con sorriso beffardo. Itzurza lo spinse verso l'uscio di casa, ed entrarono sorridenti.

Ricardo aveva notato che usciva sempre con uno zaino verde e rosso, al cui interno doveva custodire qualcosa di segreto.

"E qui cosa tieni, devo preoccuparmi dei segreti che nascondi lì dentro?"

Aveva sentito bene?

A Itzurza venne improvvisamente il dubbio che Ricardo sapesse qualcosa, o forse la sua era solo una paranoia e quel ragazzo aveva colpito accidentalmente un nervo troppo scoperto.

Ricardo fece per aprire quello zaino, ma la mano pronta di Itzurza lo bloccò. Per un attimo, la tensione si impadronì dei suoi occhi, il respiro si interruppe. Si trattenne da una reazione d'istinto *"Perché a queste scartoffie non preferisci me?"*, sapeva bene come giocare le sue carte, e quello della femminilità poteva essere un colpo vincente.

Un sorriso malizioso si allargò sul viso di Ricardo che, tolta la presa dallo zaino rossoverde, rivolse la sua attenzione alla figura che aveva davanti.

XI

Il fumo nella stanza si levava alto, grandi nubi biancastre si spandevano nello spazio fra il letto e il soffitto. L'alba aveva varcato la soglia del nuovo giorno, e dalla strada sottostante salivano suoni indistinti.

Il corpo di Itzurza era asciutto, e ogni boccata di sigaretta pareva uscirle dalla bocca come da un vulcano in eruzione. Aveva un serpente tatuato sul fianco destro, che le saliva fino alla gola per chiudersi in un morso proprio all'altezza della nuca, mentre le unghie dei piedi erano insospettabilmente curate.

Il naso leggermente storto sul lato sinistro era un particolare che la rendeva unica e che si poteva apprezzare solo quando la si guardava attentamente da vicino. Ricardo, al suo fianco, dormiva riverso sopra un cuscino bianco, con un'espressione di tregua che aleggiava dal suo corpo.

Avevano trascorso quella notte insieme, colti dai sensi, e al risveglio Itzurza sentiva dentro di sé due anime, due mondi che si contendevano la sua interiorità: da un lato il desiderio di evasione, dall'altro l'attaccamento verso quello che le dava forma e identità. Si alzava sempre prima degli altri, specie se erano amanti occasionali, e la cicca mattutina le serviva per soppesare meglio le sensazioni che le erano state trasmesse.

Si era rollata l'ultima sigaretta, e con una mano sotto la nuca Itzurza pensava in modo confuso alla sua interiorità. Adesso le sovvenivano sensazioni confortanti, un attimo dopo un senso di fuga, di smarrimento. Non di rado ripensava al suo rapporto con Miguel, al fatto che quel legame paterno fosse il contatto più intenso sino ad allora avuto con l'universo maschile. A dire il vero, c'era qualcosa di buono anche in quel ragazzo venuto dall'altro lato della barricata, adesso riverso a dormire di fianco a lei. *Magari, se sarà paziente, potrei anche dargli più fiducia*, pensò. Come in rari momenti, Itzurza si stava concedendo una pausa dalla vita. Qualche minuto, qualche frammento che fuggiva via dalla sua mente analitica e si perdeva in un infinito caotico.

Fuori le nuvole si erano addensate, e il calore della sigaretta riequilibrava il suo animo.

Appoggiò entrambi i piedi a terra, per darsi slancio.

E' ora, pensò, iniziando a vestirsi.

"Dove stai andando?", il mondo dei sogni di Ricardo si era appena smaterializzato.

Gli occhi di Itzurza cercarono il pavimento *"Devo andare"*.

"Ma perché, non puoi trattenerti ancora un po'?", rispose lui, speranzoso.

"Lo sai, devo proteggerti, non posso proprio, Ricardo".

Lui assunse una posizione eretta, con la speranza di infondere virilità alle sue parole.

"Non posso accettare questa tua scivolosità, questo tuo ondivagare senza mai darmi punti di riferimento. I punti cardinali servono, Itzurza, e la fiducia fra le persone è la prima cosa".

Gli rivolse uno sguardo indispettito *"Tu parli di fiducia? Tu che te ne esci vestito di tutto punto e che non sai mai andare in profondità nel tuo passato, nelle tue esperienze? No, Ricardo, fra i due sei tu che non vuoi dare fiducia"*.

Lui fece per abbracciarla, ma l'istinto di lei fece la fece divincolare rapidamente.

Sentì che in quell'abbraccio c'era qualcosa di nascosto, di oscuro, e la sua reazione fu di allontanarsi velocemente.

"Avrei fatto bene a non fidarmi di te da subito", disse sfuggendo al suo sguardo.

"Mi ricordi un personaggio verista", le aveva detto una volta Miguel, in riferimento ai personaggi di Giovanni Verga, uno scrittore che aveva scoperto nella sua prima detenzione, nei pressi di Parigi. Itzurza aveva sempre premiato l'istinto piuttosto che la ragione, sceglieva se avventurarsi o meno in una situazione fidandosi ciecamente dei messaggi dei sensi. Questa sua inclinazione aveva condizionato nel bene e nel male tutta la sua vita, e fu con lo stesso metro che prese la decisione di chiudersi la porta di Ricardo alle spalle.

Il giovane fu sul punto di trattenerla, ma ritirò subito quell'idea, intimorito dalle conseguenze che avrebbe potuto causare quel gesto. In un lampo, Ricardo capì che c'era qualcosa di nascosto in quell'anima che non poteva controllare, che nemmeno la sua compostezza poteva contenere. Trattenendosi da gesti azzardati la lasciò andare, mentre il fumo evaporava pian piano dalle finestre.

Gocce di pioggia piccole e fitte iniziarono a bagnare la strada, quando Itzurza si diresse verso la foresta.

XII

In realtà, la famosa riunione a cui Itzurza aveva preferito la compagnia di Ricardo l'avrebbe riguardata davvero da vicino.

Santiago, l'infiltrato nella Guardia Civil della vicina Bakio, aveva informazioni sulle ultime manovre del governo. Una delle teorie era stata confermata: la baia di Lemoniz, in linea con la politica energetica di Madrid, sarebbe stata il luogo dove realizzare la nuova centrale nucleare. Da mesi sulla baia c'era un gran movimento: le fonti ufficiali riferivano della creazione di un *hub* che avrebbe meglio servito i porti della Biscaglia, ma non tutti erano caduti in quel tranello. La soffiata di Santiago era di sicura affidabilità: erano state fatte pressioni perché quella politica venisse tolta dal tavolo del Governo, proprio per il timore delle reazioni di ETA. Tutti ricordavano cosa era successo qualche anno prima a Tudela, quando l'uccisione di una giovane militante ecologista aveva causato proteste e disordini tali da far desistere il governo dalla costruzione della centrale nucleare in quel sito. Un rischio che Madrid questa volta non poteva permettersi, ragion per cui l'intero progetto di Lemoniz venne fatto passare nel silenzio più assoluto.

Si erano susseguiti incontri segreti in luoghi neutri, come un baraccone insospettabile di Vitoria, fra agenti del governo, parlamentari e rappresentanti delle associazioni locali, ma non c'era nulla da fare: la notizia era filtrata, e già si stavano organizzando le prime fronde di disobbedienza civile.

Tuttavia, quello energetico non era il nodo della questione. Il progetto di nuclearizzazione di Euskadi era edificato su una tattica politica: strumentazioni, macchinari e rifornimenti erano di provenienza statunitense. Di fatto, il connubio nucleare-militare rappresentava uno strumento di controllo politico, che andava ben oltre i confini del Paese Basco ed era inserito nel contesto di militarizzazione internazionale della Spagna in vista di una sua futura entrata nella NATO.

In quella riunione intervennero in tanti, chi a favore di un altro attentato, questa volta vicino alla sede del Ministero delle Infrastrutture, e chi invece più propenso a una protesta pacifica. In città la notizia della costruzione della centrale iniziava a soffiare, e c'era il rischio che da un giorno all'altro qualcosa di pericoloso potesse accadere.

La tensione tingeva l'atmosfera in quella casa alla periferia della città e il timore che la riunione fosse scoperta da un momento all'altro aleggiava nell'aria. Alla fine la strada fu tracciata: sarebbe stata organizzata una spedizione per verificare la veridicità di quelle informazioni, l'entità dell'opera e il reale valore che aveva per il Governo. Qualora avessero riscontrato che i loro timori erano fondati, la strada di un attentato pareva come una possibilità da non scartare.

Itzurza era arrivata quando non c'era più nessuno, le luci della casa erano già spente. Aveva provato a bussare a quel portone alto e squadrato, ma dei presenti nessuna traccia. Solo Inai, il proprietario di quel casolare in mezzo alla campagna, era rimasto sveglio. Lo vide uscire come un'ombra da un edificio antistante:

"Miguel mi ha detto che ti aspetta domani alle dieci, in cattedrale. Deve parlarti".

Il sangue le bollì dentro. Si sentì così stupida ad aver mancato quell'appuntamento, ad avergli preferito la distrazione di una notte di piacere, ed era estremamente preoccupata: le cose che Miguel le diceva in Chiesa erano quelle che non voleva che nessun altro sapesse.

Possibile che nemmeno la distrazione più banale le fosse concessa?

La notte era calata e una luna piena le illuminò il cammino per rientrare al focolare domestico. Provò a pensare ad altro, a fantasticare sulle nuvole e sulle stelle, ma l'idea dell'incontro dell'indomani non le lasciava spazio per altri pensieri.

XIII

L'eco delle campane scandì dieci rintocchi, i fedeli erano già seduti nelle loro postazioni usuali. Nelle prime file si snocciolavano i rosari, in fondo uomini dalle braccia conserte si scambiavano opinioni sulle questioni dell'attualità di Euskadi. Il rosone della cattedrale lasciava trapelare una luce intensa, che dal colore del vetro rifletteva una connotazione bluastra. La Chiesa si riempiva pian piano, mentre i fedeli aspettavano l'arrivo del sacerdote per iniziare l'omelia. Itzurza si fermò di fronte all'acquasantiera, bagnandosi le labbra e la fronte, ed iniziò la sua perlustrazione. Miguel era solito organizzare incontri nella Chiesa di Bilbao, ma per non destare sospetti ogni volta cambiava la sua postazione, per non dare mai punti di riferimento ai suoi inseguitori. La giovane basca prese la via della navata di destra, inseguendo fra i vari colonnati quella cicatrice che aveva qualcosa da dirgli. Ogni volta che entrava in quella struttura si sentiva invasa, come spiata. La situazione politica rendeva quei luoghi neutri come gli unici possibili in cui poter trovare un accordo fra parti apparentemente inconciliabili. Itzurza sapeva che quello era uno dei luoghi più sicuri, ma al tempo stesso più esposto: essere in quella navata, dove nell'aria si mescolavano le preghiere con i segreti di Stato, non la lasciava tranquilla. Poi si sentì chiamata, da un angolo vicino al porticato. Era Miguel. La fece accomodare di fianco a lui e arrivò subito al dunque.

Il portone principale era aperto e, in quella mattina di primavera, una leggera brezza solleticava le gambe nude di Itzurza. Si lasciò andare a un'occhiata di circospezione dietro di sé, e quando fu sicura di non essere vista iniziò ad ascoltare il suo mentore.

"Ti fa ancora male il gomito?"

"No, grazie, solo un graffio".

"Bene, ne ero sicuro. Sai, Itzurza", disse alzando lo sguardo, osservando un punto indistinto in una Pietà proprio davanti a sé *"ci sarebbe una cosa da fare".*

Le raccontò che la notte precedente c'era stato un assalto a una delle loro postazioni e Sergio era stato ferito ad una gamba. Il colpo era stato più grave del previsto e al giovane sarebbero serviti diversi mesi per poter tornare alla vita di prima. Dallo sguardo grave di Miguel traspariva un certo senso di colpa, i muscoli della faccia erano tesi e la voce tremava quanto bastò per far capire a Itzurza che l'uomo stava per chiederle qualcosa che non avrebbe voluto. Mentre pronunciava quelle parole avrebbe voluto inserire parole di scusa nella frase ma non lo fece: avevano scelto entrambi tempo addietro il loro destino, e ora sarebbe stato il destino a scegliere per loro.

"Lo sostituirai tu, Itzurza".

La giovane donna, sul momento, ebbe paura. Le uniche volte che aveva tenuto un'arma in mano era stato per allenarsi, per ripetere il test meccanico della risposta a un'aggressione. La sua operatività era rivolta esclusivamente alla strategia e la prospettiva di dover far fuoco contro le maglie verde scuro della Guardia Civil la allarmava. L'idea di andare fino a Lemoniz per una missione così delicata la metteva sulle spine.

C'era stata una volta o forse due, quando ancora Florine e Xavier la accompagnavano nei primi passi dell'infanzia. Buffo che di quella madre, che così poco le aveva lasciato, uno dei ricordi più nitidi fosse del luogo in cui avrebbe preso parte alla missione più temeraria della sua vita.

La testa iniziò ad andare per conto suo, venne assalita dai pensieri, come se fosse arrivato il momento di fare un bilancio e di dare finalmente un senso a quella vita, che fino ad allora giudicava incompiuta.

Dai, fai bene ad andare, con un credito del genere Miguel non potrà chiederti altro. Ammettilo, sei stanca di questa vita a metà, chiusa in due maschere che non riesci a gettare. Ma sei sicura che faccia per te tutto ciò? Sei sicura che aver rotto con Ricardo per dei motivi così stupidi ti porterà a qualcosa?

Rispose positivamente a Miguel, senza battere ciglio, mascherando alla perfezione i suoi timori. Miguel le sorrise, sapendo lui stesso che le stava chiedendo tanto.

"Tieni", le disse. Estrasse dal taschino un oggetto piccolo, lavorato da mani pazienti, che sembrava uscito

dagli archivi del secolo passato. Era un ciondolo verde ad apertura automatica, al cui interno riluceva una quercia color avorio su sfondo marrone. *"Me lo dettero tanti anni fa, durante la guerra civile. Adesso è tuo"*.

"No Miguel non puoi", le rispose imbarazzata *"Io non ho idea di cosa significhi la quercia, sono giovane, non ho la tua esperienza, non so nemmeno cosa significhi davvero la resistenza"*.

Prese le mani della giovane e, cingendole alle sue chiuse, vi ripose quel ciondolo magico. *"Usalo quando ne avrai bisogno, gudari. Ti aiuterà"*.

Itzurza non protestò, e sentì dentro di sé che quella responsabilità della quale voleva spogliarsi era in realtà aumentata all'infinito.

Il suo mentore la sfiorò con la mano, quasi avesse voluto darle una carezza, ma subito la ammonì *"Vai adesso, questi muri parlano"*.

Itzurza si alzò e, ricevuti ciondolo e informazione, imboccò l'uscita dalla navata secondaria.

Tutti i presenti si alzarono in piedi, quasi all'unisono, e il parroco prese la parola. Mentre l'omelia iniziava, Itzurza era alle soglie del portone, trafitta dalla luce del rosone che nel frattempo si era spostata verso il centro della navata. Uscendo, rivolse lo sguardo a una delle tante immagini divine che la circondavano, cercando consigli in quella Pietà verso la quale tanti fedeli si rivolgevano. Non la trovò, ma allungando la mano in tasca, sapeva che le era stato donato molto di più.

XIV

Una brezza marina, sassi levigati sulla spiaggia.

Davanti al portone di casa Itzurza osservava quel mare infuocato dal tramonto incombente. L'aria era fresca, in cielo gruppi di nuvole grigiastre, che di lì a poco avrebbero schermato la Luna, si rincorrevano. I mesi erano passati, e in un batter d'occhio l'estate aveva preso il proprio posto nel ciclo delle stagioni.

Aveva raccolto la chioma castana in una coda lineare e sicura, pulito i vestiti e preparato lo zaino. Ma, nonostante questa routine perfetta, era inquieta. Xavier ormai leggeva la figlia come fosse un libro aperto, la conosceva come una preghiera imparata a memoria. Da dietro la casa, il sole riscaldava le ormai poche cime degli alberi, lambendone il rosso pallido. Quella sera Itzurza mangiò molto lentamente, in modo meccanico, quasi a voler infondere con quei gesti rallentati una finta tranquillità nel padre, a dire il vero con scarso successo. Si offrì di lavare i piatti, ma Xavier le disse che avrebbe pensato lui alle scodelle e di prepararsi per la sua uscita. Viene un momento in cui, dopo aver osteggiato certe cause per decenni, ci abituiamo ad esse, ci conviviamo, e finiamo inevitabilmente per divenirne complici. Xavier lo aveva capito: il suo dissenso sulla vita rischiosa della figlia non lo avrebbe portato a nulla. Nacque in lui come un senso d'orgoglio: la gioia nel vedere che sua figlia era in grado di andare oltre, di rischiare, di avere dei sogni e di provare a realizzarli. Iniziò a far scorrere l'acqua calda, mentre questo pensiero caldo e rassicurante lo rasserenava.

Calò la sera, e mentre Xavier stava riponendo i patti sulla credenza, Itzurza si incamminò verso il sentiero che l'avrebbe condotta alla sua meta. Aveva preparato con cura tutto l'equipaggiamento e, dopo quella cena, si sentiva stranamente leggera. Non era più così sicura dei suoi passi: se si scrutava dentro poteva vedere diverse anime che le dicevano di muoversi in modo diverso, ognuna in base alle proprie tendenze.

Era stato un periodo intenso, e aveva messo in discussione molte delle sue convinzioni: c'era stato Ricardo a smuovere la cenere sotto un'apparente immobilismo emotivo, e da quel momento si era percepita differentemente come donna, e rispetto al passato si rendeva conto di come a volte i ragazzi la guardavano.

Forse queste consapevolezze erano un preludio ad un desiderio di cambiamenti?

C'era stato un ragazzo qualche giorno prima, Munain, un basco che viveva a Madrid. L'aveva approcciata, con fare sicuro in un locale, mentre lei stava aspettando Ricardo, che goffamente cercò di nascondere la sua gelosia quando vide la scena. Itzurza, per provocarlo, con una scusa banale disse al nuovo venuto che per vederla di nuovo poteva trovarla all'Università, e sentirsi contesa le suscitò una sensazione nuova, mai provata prima.

Stava rollando una sigaretta quando si chiese cosa stesse facendo Ricardo in quell'esatto momento.

Aveva reagito troppo duramente nei suoi confronti?

Fantasticava sulla sua vita familiare e su quelle due sorelle che le aveva detto essere così diverse fra loro. *Stavolta hai esagerato, cosa ti salta in mente di reagire come una pazza se qualcuno vuole frugare nel tuo zaino?* Nella sua immaginazione si diramavano una serie di traiettorie, ognuna delle quali poteva rappresentare una possibilità concreta o solamente un pensiero innocente. Chissà come doveva essere la vita con due sorelle, mentre ripensava alla sua esistenza di figlia unica. L'operazione di rollaggio era terminata mentre dentro di lei prendevano forma queste due figure, adesso coincidenti non solo nei tratti, ma proprio nella forma del naso, nella lunghezza delle gambe. Forse avevano anch'esse degli ideali, forse pure un'anima ribelle che ruggiva loro dentro. O forse no. Forse erano solo figlie della borghesia Valenciana viziate e superficiali. Una nube di fumo la avvolse, mentre di fianco a queste riflessioni si fecero strada idee più complesse sulla sua vita, sul suo ruolo di donna. Una fiammella le apparve in lontananza. Mentre rifletteva così, scorse il segnale: era la sigaretta di Miguel, nascosto nell'ombra, accesa come segnale per farsi individuare dalla sua giovane allieva. Itzurza si infilò nel bosco, seguendo quella sigaretta che pareva volteggiare nel vuoto, in direzione di una casetta di legno appena identificabile al chiarore della luna. *Chissà perché mi ha consegnato quel ciondolo, sarà stanco anche lui della lotta armata?* Le foglie erano umide per terra, e il volteggiare di rapaci notturni sopra la sua testa la manteneva in uno stato di allarme. Dall'esterno si percepivano voci indistinte e, varcata la soglia d'ingresso, Miguel la condusse fino a una stanza dove un corposo numero di baschi stava discutendo.

Era una tranquilla serata estiva. La giornata era stata stranamente umida, e la pressione di quell'aria stantia si rifletteva sulle immagini e sui gesti dei presenti. I compagni stavano spiegando come portare a termine l'offensiva per quel fine settimana. Il tema era quello del reattore di Lemoniz, ormai i dettagli della spedizione erano in via di definizione. La missione era pianificata per essere svolta al crepuscolo, quando gli ingegneri incaricati di condurre i lavori avrebbero lasciato spazio al gruppo di vigilanti addetti alla sicurezza. Sarebbe stato il pretesto per reperire carte, *dossier* e qualsiasi fascicolo utile per ottenere ulteriori informazioni sul sito: nessun tipo di azione violenta o di offesa era prevista. Gli sguardi di tutti i presenti erano concentrati sul tavolo, dove una riproduzione del luogo era stata sistemata. La piantina del progetto riprendeva le forme geometriche che si insegnano a scuola, mentre lo sguardo di Itzurza appariva ben concentrato sulle dinamiche con le quali lei e i suoi compagni avrebbero dovuto agire.

Miguel si schiarì la voce: *"Non dovremo attaccare"*, esordì, *"quella centrale è un progetto folle, che mira solo a fare gli interessi del governo e non i nostri. Domani dovremo studiare il nemico, non affrontarlo. Agiremo di notte, con la speranza che la guardia all'impianto sia ridotta al minimo"*.

Di fianco a lui tante sagome, di cui una in particolare, catturò l'attenzione di Itzurza, un giovanotto che non faceva altro che annuire in modo ossessivo.

Itzurza, studiava il giovane compagno di azione con quella sua barba nera incolta. Chissà, pensava, se quello stile da moderno Che Guevara era costruito o era solo un trionfo di pigrizia. *Chissà, se siamo noi a scegliere la nostra strada, o se il mondo dove viviamo ci cambia inesorabilmente*, pensò in quell'istante.

Fantasticò sulla vita di quel giovane di fronte a sé, lasciando andare le parole che venivano spese in quella riunione prendendo le vie che la fantasia sapeva offrirle.

XV

Lemoniz, giugno 1982

Il sole era riparato dietro le montagne e, dall'altro lato del cielo, il crepuscolo aveva lasciato alla Luna il permesso di prendere il sopravvento. La sera della missione stava per materializzarsi.

Perché il gruppo si ricompattasse occorrevano delle ore. I più lontani venivano da San-Jean-de-Luz, e il loro tragitto era sempre accidentato a causa dei controlli frontalieri sempre più serrati. C'erano poi coloro che provenivano dalla zona di Vitoria, che dovevano schivare altre insidie, come i lupi che frequentavano quelle terre, o strade spesso troppo trafficate.

Quando furono tutti, Miguel in testa iniziò il cammino verso Lemoniz. Itzurza lo seguiva passo passo, distante dagli altri compagni che parlottavano fra loro. Aveva un buco nello stomaco, e aveva rinunciato alla solita sigaretta. Si sentiva instabile, come se dalla bilancia del suo mondo fosse stato tolto un peso, e adesso tutta la sua anima si sentiva squilibrata. *Sei pronta per la vita adulta? Sei sicura d'essere sulla strada per la felicità?* Sì, la sua militanza si sarebbe interrotta per qualche mese, e avrebbe ponderato bene in quale direzione orientare la sua vita. Nei momenti più intensi di riflessione pensava che si sarebbe presa qualche mese di viaggio, subito dopo la laurea. Francia, Italia, Grecia, imparare lingue nuove, conoscer gente da ogni dove. La sua radice, la *quercia* basca, non avrebbe mai lasciato quel mondo, ma era sicura che conoscerne altri le avrebbe giovato. Era piena di pensieri e persa nelle sue riflessioni, quando il gruppo giunse sulle soglie della centrale.

C'era un rumore di sottofondo che a nessuno dei presenti passò inosservato. La soffiata di Santiago era esatta, si trattava proprio del piano di una centrale nucleare. Il reattore principale si trovava nella struttura adiacente gli uffici, mentre tutto il materiale di progettazione doveva essere sopra, nella stanza di sicurezza dalla quale tutti i lavori venivano osservati. Nell'oscurità si intravedevano delle guardie che si alternavano, mentre edifici veri e propri erano stati costruiti per permettere ai lavoratori fuori sede di essere più lucidi alla luce del giorno.

Itzurza, data la sua scarsa dimestichezza con le armi, fu lasciata di guardia, mentre tre compagni si avventurarono all'interno della struttura. Si guardava spesso di fianco, mentre con la coda dell'occhio seguiva le movenze dei suoi commilitoni, con quella sensazione di nervosismo che attraversa spesso chi non ha la padronanza del contesto che lo circonda. Miguel rimase in una posizione intermedia, per coprire entrambe le estremità del gruppo.

Non fu difficile penetrare in quegli edifici, articolati su un'area grande come un campo da calcio. Miguel aveva calcolato bene gli spostamenti del suo gruppo: come Santiago gli aveva suggerito, quella sera la maggior parte del personale doveva essere di riposo, e le poche guardie avevano un'area troppo vasta da sorvegliare per tenerla tutta sott'occhio.

I tre baschi si divisero per perlustrare zone diverse: uno a controllare l'entità della struttura ed il suo stato di avanzamento, altri negli uffici per reperire tutte le informazioni sul progetto.

Itzurza, con la pistola in mano, dietro a grandi tubi d'acciaio, a vigilare che eventuali vie d'uscita non fossero bloccate, Miguel in circospezione proprio dietro ai tre discepoli.

Nel silenzio di quell'oscurità centinaia di pagine sul progetto vennero requisite. In quelle stanze nemmeno imbiancate c'era di tutto, dal piano per costruire il reattore, fino ai posti di blocco previsti in tutta la regione per arginare eventuali sabotaggi come quello che era in atto in quel momento. Addirittura, addentrandosi all'intero, si potevano già distinguere le prime fondamenta della struttura ormai sulla via del completamento.

D'improvviso una luce. Delle torce inondarono l'edificio, dei cani in lontananza iniziarono ad abbaiare.

Erano stati scoperti e un rumore frenetico di passi li avvisò del fatto che non erano più soli.

Qualcosa era andato storto, o le informazioni di Santiago erano errate, oppure lui stesso li aveva messi in trappola facendo il doppio gioco.

Non c'era tempo da perdere e Miguel ordinò a squarciagola come disporsi di fronte al pericolo. Riunendosi in un attimo i tre ragazzi si misero a difesa in prima linea, lasciando una via di fuga per gli altri. Si erano portati dietro una serie di fumogeni e prima che le guardie arrivassero, uno era già stato gettato in mezzo al piazzale, rendendo le immagini impossibili da distinguere anche a pochi centimetri.

Miguel, rallentato nei movimenti ma vigile nella mente, corse nascosto da una serie di lamiere che separavano il sito dall'uscita. C'era quasi ma non poté far nulla contro quel tubo di ferro che lo fece inciampare. Era indifeso e due figure uscite dalla nebbia furono sul punto di assalirlo.

Itzurza lo vide inerme, vide quella cicatrice di mille battaglie pronta a soccombere e non esitò.

Chiuse gli occhi e strinse quel grilletto in maniera confusa.

Un silenzio assordante. Un vuoto come quello prima dell'atterraggio di un aereo. Tutto era bloccato, incastrato in un libro immaginario in cui era possibile sfogliare le pagine di passato presente e futuro. Sparò un colpo, e immediatamente dopo una sensazione di vuoto riempì l'aria intorno a lei. Come una cinta muraria che difende la città, cercando di isolarla dall'esterno, Itzurza tentò di bloccare quell'attimo e di non pensare più a nulla. Ma il tentativo fu fallace, poiché la cinta muraria era assediata dai nemici e le difese non potevano resistere a lungo agli assalti dell'invasore. Perché la dimensione della realtà fosse ristabilita era solo questione di secondi.

XVI

Un tappeto verde chiaro, un tetto alto, altissimo.

Contrai i muscoli, ti sforzi.

Invano.

L'asticella è alta, davvero troppo. Itzurza provava in tutti i modi a saltarla, ma l'impresa era impossibile. Arrossiva e le capacità delle sue amiche non facevano altro che alimentare la sua sensazione di essere fuori posto. In quella palestra sembravano tutte delle giganti rispetto a lei. Era come in una bolla, e fuori esisteva una dimensione alternativa. C'era Celia, ricca figlia di commercianti, destinata ad una gloriosa carriera nella ditta di famiglia, che saltava, alta e slanciata, lanciando sguardi maliziosi ai suoi compagni di classe prima di tornare in fila. Dietro c'era Pamela, che quella terra di Biscaglia, così stretta e ottusa, proprio non voleva averla fra i piedi e avrebbe deciso di emigrare altrove.

Nelle retrovie, quasi nascosta, c'era la piccola Itzurza, che quella maledetta asticella proprio non riusciva a superarla. *"Ci riproverai, quando sarai cresciuta"*, sentenziava il maestro Blanco, un uomo alto, con capelli argentei e sguardo piatto, senz'anima. Un franchista della prima ora, che durante le operazioni belliche teneva gli addestramenti dei reggimenti di base. Dopo uno scontro a fuoco finito male era riuscito a farsi trovare dal Generalissimo quel posto in una scuola, senza per questo che il timore nei suoi confronti accennasse a diminuire.

Itzurza non capiva il perché di quel discrimine di altezza, e nel silenzio della doccia pianificava la sua vita.

Si era abituata ad andare sola in palestra il giovedì pomeriggio. Xavier, al negozio, non poteva proprio assentarsi, mentre Florine aveva già preso la via della Francia.

Un'uscita con gli amici, delle risa spontanee.

Una notte calda sovrastava il Golfo di Biscaglia. Un tappeto multicolore sfociava nel cielo, alternando lampi di chiaro a toni più scuri: i pensieri volavano nella molteplicità delle composizioni artistiche che distinguevano il creato. Un agglomerato urbano attaccato al mare, una miriade di fiumiciattoli che dalla montagna si diradavano verso l'Oceano. Di fianco, quel piccolo appartamento dal quale proveniva della musica, in modo disordinato, confuso. Era un sabato sera, e gli studenti al primo anno si riversavano nelle bollenti strade di San Sebastian, ignari di dove la vita avrebbe condotto i loro passi adulti. Itzurza era spensierata: ancora non indossava tute, ma un vestito blu abbastanza lungo che le arrivava sino ai tacchi neri lucenti. Era il primo anno dell'Università, e alcuni amici l'avevano invitata a passare un fine settimana a San Sebastian. In quei momenti in cui allentava la

tensione dal mondo esterno riusciva a vedere la sua vera essenza di donna libera. I suoi capelli sempre troppo sistemati, che lei avrebbe voluto disfare, il profumo che voleva cambiare per essere più attraente.
Un attimo di libertà, durante il quale prese fiato per poi vivere in apnea.

"Una donna non ci può dare ordini, torna a lavare i piatti".
Erano queste le parole che si sentì ripetere la prima volta da Sergio, una delle nuove reclute di ETA, prima di stenderlo a terra con un pugno. In quegli anni la militanza si impossessò di tutto ciò che era Itzurza, di quello che la rendeva essere umano, donna. In quei rituali, in quella storia, Itzurza trovò il contenitore del suo fuoco, un mondo che catalizzava la sua interiorità e spandeva al di fuori un caleidoscopio di colori multiformi e splendenti. L'essere donna, avere quel ruolo in una società che solo allora iniziava a concepire le figure femminili come padrone del proprio destino, le infondeva nell'anima un fuoco sacro che nulla e nessuno le avrebbero mai dato in egual misura.
"Itzurza, sei la migliore capogruppo che abbia conosciuto, tra poco prenderai il posto di Miguel, ne sono certo".
Corresse il tiro qualche tempo dopo Sergio, per paura che quella basca ribelle gli assestasse un altro destro e lo stordisse.

Miguel la vide crescere al suo fianco, orgoglioso di come si facesse rispettare anche da chi voleva limitarla, e sapeva che in lei la quercia basca era al sicuro.

Ogni missione che compiva era per Itzurza come l'ultima sigaretta di Zeno. Quella maledetta guerra che la rendeva viva ma che, anche se non accettava di ammetterlo, le rubava il tempo e la giovinezza.

Solo quando Itzurza prese in mano quell'arma per difendere la vita del suo mentore dalla barba bianca, capì il significato di quella guerra.

XVII

Le ci volle un po' per rendersi conto di cosa stesse accadendo, anzi, non capì mai realmente cosa fosse successo.

Si dice che alla fine gli eventi che hanno segnato la vita di una persona si possono contare sulle dita d'una mano. E quando accade uno di questi, se ne viene travolti; inconsciamente ci si prepara da sempre per arrivare a quel singolo momento, ma ugualmente non si è mai pronti ad affrontarlo e se ne è colti di sorpresa. Ci si stupisce delle proprie azioni, delle reazioni che si hanno e di chi siamo davvero. In quei momenti le sensazioni si amplificano, ma non siamo in grado di elaborarle, di tenerle con noi per come sono andate realmente.

Così Itzurza non avrebbe mai parlato di quello che accadde quella notte, di quel preciso momento che l'avrebbe segnata per sempre. Se anche avesse voluto, le sarebbe risultato impossibile. Avrebbe dovuto coniare nuovi termini, le parole conosciute erano insufficienti ad esprimere le sensazioni di quella notte.

Avrebbe ricordato di come il respiro si facesse sempre più affannato, intenso, ritmato. Avrebbe ricordato il battito del cuore, che dal petto era salito in gola, tanto che a un certo punto aveva pensato di essere sul punto di esplodere.

Sentì i 752 muscoli del suo corpo che si flettevano e contraevano rilasciati verso l'azione ma richiamati dalla tensione, se avesse avuto tempo e lucidità li avrebbe potuti contare uno ad uno.

I suoni, i rumori, le grida, le parole di Miguel, tutto le arrivava ovattato, era quasi in una bolla, lei dentro il suo destino, e gli altri a fare da corollario.

Non era più una questione tra indipendentisti e governo, tra l'ETA e un'Europa mal costruita, tra i suoi compagni d'armi e le guardie della centrale. Era una questione che ormai si era ridotta al minimo, lei di fronte a chi era, ai suoi desideri, ciò che voleva diventare, per quali ideali realmente voleva combattere.

Credeva in ciò che faceva, aveva una pistola in mano perché fermamente aveva sposato una causa che riteneva giusta.

Ma era la mia causa?

L'adrenalina le pulsava nelle tempie e l'infinità di pensieri che le passavano in testa erano troppi per rendersi conto anche solamente di aver pensato.

Gli anfibi che pestavano il piazzale di cemento, l'afrore dei materiali lavorati, i fari accesi per scovare gli intrusi che offuscavano la scena: tutto questo sarebbe rimasto in lei, ma in forma confusa, come un'immagine sbiadita in un cassetto della memoria che non si vuole né aprire né svuotare.

Non si era truccata Itzurza per andare all'appuntamento con il suo destino, eppure si era preparata con molta cura, senza rendersene conto. I capelli legati in modo tale da non dare fastidio, l'abbigliamento comodo scelto con cura, ogni piccolo accessorio portato con eleganza, la torcia attaccata alla cinta con il moschettone, il coltello nel suo fodero nero legato alla coscia destra, lo zainetto indossato su entrambe le spalle, e la fondina della pistola a tracolla, così che la mano la potesse raggiungere con immediata facilità.

Appena vide quella figura male illuminata che spuntava dalle strutture uniformi e gli inservienti della sicurezza che correvano in maniera caotica e agitata, si ritrovò con la pistola in mano, a chiedersi se salvare Miguel e i compagni, lei e il suo futuro. O se dannarsi definitivamente.

Partì un colpo, la mano era ferma, il cuore tremava, il respiro era di colpo momentaneamente cessato.

Sospesa tra passato e futuro, il presente fu un tonfo a terra, il corpo di un uomo che rovinosamente impattò contro il pavimento, e finalmente venne illuminato dalle luci accese dalla sicurezza.

Nel caos che seguì, Itzurza ebbe il tempo di fermarsi, immobile, come se intorno non accadesse null'altro, forse accadeva, di sicuro non aveva importanza per lei, immobile con gli occhi fissi su quel volto spento.

Il volto di qualcuno che credeva sconosciuto, ma che invece riconobbe, come in uno scherzo dell'amara ironia della sorte.

Infilò la mano in tasca e strinse l'oggetto rotondeggiante al suo interno, la quercia che Miguel qualche giorno prima le aveva consegnato, e fu l'unica luce che intravide nel buio.

XVIII

Bilbao, aprile 1993

I secondini si davano il cambio lentamente, quasi vivessero un'epoca di calma piatta, di rasserenamento dopo una tempesta. L'illusione che il presente fosse perpetuo nella sua dimensione illudeva tutti, in modo particolare chi ripeteva un'operazione meccanica da decenni.

Itzurza si allontanò dal carcere poco dopo l'una, le visite per i non familiari erano ammesse solamente una volta al mese. Le guardie carcerarie erano abituate a quei ritmi, non prestavano neppure troppa attenzione a cosa venisse portato ai detenuti, nemmeno a quelli che avevano commesso delitti contro lo Stato.

Era una giornata particolarmente assolata, in lontananza si sentivano le urla e gli schiamazzi di un matrimonio. Uno sposo un po' sovrappeso, con la faccia paonazza dal sudore, intimorito dalla solennità della giornata, gli amici che, sghignazzando, gli ricordavano l'imminente guaio nel quale si stava cacciando e una sposa piccola, minuta, dai tipici tratti andalusi. Si erano conosciuti lì, in Biscaglia, lui giovane ingegnere impiegato nell'ammodernamento dello stadio di San Mames, lei giovane sivigliana che aveva dedicato tanti anni alle cause ambientaliste contro le corride e la creazione di impianti nucleari. Una bella coppia, pensò Itzurza, mentre un vento primaverile soffiava lungo la baia circostante.

Aveva iniziato a insegnare in una scuola elementare da qualche anno. Il rapporto con i bambini le riempiva le giornate, fra grembiuli bianchi e matite colorate. I piatti sporchi da lavare, negli anni, erano diminuiti sempre di più, rendendo la sua casa pulita e ordinata. Ogni sera accompagnava il padre in lunghe passeggiate vicino al litorale per regalargli un po' di luce. Se avesse guardato il cielo avrebbe scorto aerei sfrecciare veloci sopra le verdissime campagne basche, che un occhio poco avvezzo al viaggio avrebbe potuto benissimo confondere con quelle irlandesi. Le compagnie aeree *low-cost* si erano installate pure in questo fazzoletto di mondo, rendendo connessioni e scambi davvero facili da realizzare.

Itzurza aveva desiderato di vivere due vite, la prima da guerriera, la seconda da pensatrice, e le pareva proprio che fosse giunto il turno della seconda. A volte, quando sentiva di un corteo o di un'azione di guerriglia le si drizzavano le orecchie, e ripensava alla tuta mimetica, alla tensione, alla *garra* che le montava dentro. Ma durava un attimo, e il secondo dopo si rimette a correggere le prove di storia dei suoi studenti.

Se avesse alzato lo sguardo avrebbe veduto la sua vecchia pistola che continuava a passare di mano in mano, oggi in Medio Oriente, domani in America

Latina; pronta ad essere armata per la prossima causa, a spezzare altre esistenze sul prato verde della vita.

A volte ripensava alla sua vecchia vita, c'erano poche cose che rimpiangeva, alcune occasioni non colte e la tristezza di come alla fine alcuni eventi l'avessero segnata.

Di tanto in tanto imboccava la strada di campagna che la riportava a Lemoniz, a quella baia che era ormai dimenticata da tutti, ma non dalla sua memoria.

Quella visita in realtà, era un rito che rinnovava ogni venerdì, appena uscita dai banchi di scuola. Ad aspettarla, nella B39, c'era Miguel, che ormai viveva in cella d'isolamento da tanti anni. Il suo mentore era ormai anziano, e sapeva perfettamente che gli anni che gli rimanevano da vivere erano meno di quelli che avrebbe dovuto scontare in carcere. Itzurza era fra le ultime visite concesse nella giornata e l'aria di quella struttura le sembrava irreale, come se da un momento all'altro potesse scomparire nel nulla. Ogni volta che si apprestava a vedere Miguel, il corridoio che la conduceva alla sua cella assumeva le sembianze della scorciatoia per la valle dietro Eibar, dalla quale avrebbero pianificato l'ennesima missione. Nella sua immaginazione era come se il periodo della militanza non fosse mai terminato, così come l'identità che nel corso di quegli anni si era ritagliata addosso. Ma l'attimo dopo, appena il secondino le ricordava le regole da seguire, realizzava che la realtà era ben diversa.

A Miguel avevano concesso una cella confortevole, ben illuminata di giorno e mai troppo fredda d'inverno. Si trovava nell'ala Est, quella riservata agli ergastolani per crimini contro lo Stato.

Lo trovava rilassato, aveva un paio di autori russi sopra al comodino e, a giurare dal colore delle pagine, sembrava che non si stancasse mai di leggere e tenersi attivo. Le guardie lo chiamavano *El Tata*, il saggio, e preferivano sempre evitare la sua cicatrice, che pur da dietro le sbarre continuava a incutere un rispettoso timore.

Non era così per Itzurza, per la quale quel segno sul volto esprimeva tranquillità, così come il suo sguardo. Miguel la guardava con quel sorriso che sapeva già tutto. Aveva già inquadrato la trasformazione di Itzurza da un bel po', da quando veniva a fargli visita di tanto in tanto al carcere di Bilbao. Miguel conosceva bene la distinzione fra le due leggi, quella pubblica e quella interiore, ed era cosciente che la dedizione a un ideale fosse quanto di più distruttivo si potesse provare. Sia lui che la sua allieva prediletta erano stati ingannati da quell'idea, ma se i suoi autunni iniziavano a essere gli ultimi, Itzurza aveva tempo, forza ed energie per ricostruire un mosaico che sembrava spezzato.

Alzò gli occhi su di lei, e iniziò a parlare, "*Te le ricordi sì, le nostre uscite in quella valle, quando ancora eri una ragazzina?*", le parole gli uscivano lente dalla bocca, quasi provenissero da un altro Universo.

La ragazza ricambiò quello sguardo familiare, annuendo senza proferire parola.

"*Tanti bei ricordi Itzurza, tanti bei ricordi*", tacque, e poi riprese "*Sai, ripenso spesso alla notte di Lemoniz, al nostro segreto.*" Si mise in silenzio un secondo, mentre lei lasciò lo sguardo a terra, e aggiunse "*A dire il vero, è la cosa che meglio mi ricordo di tutta la mia esistenza*".

"*Mi salvasti la vita Miguel*", replicò con gli occhi che le brillavano.

"*No, Itzurza, sei tu che hai salvato me*".

Sfiorò con la mano quel ciondolo che le aveva donato anni prima, e che Itzurza portava al collo come il ricordo di un'epoca. La guardia vide quel movimento ma, da figlio di baschi, chiuse un occhio e lasciò i due guerrieri a contemplare la loro epoca di gloria.

A Lemoniz, tanti anni prima, Miguel le aveva strappato la pistola di mano, era stato lui a sparare quei colpi, a essere condannato all'ergastolo per aver ucciso un membro borghese della guardia civil, inviato sotto false spoglie in Biscaglia per reperire informazioni sulla centrale e riferirle al Ministero. Questa fu la versione raccontata al giudice, che solo loro sapevano non corrispondere al vero. La vita della sua guerriera prediletta era più importante della sua, e compì quel sacrificio come fosse stata la cosa più bella della sua esistenza. Si sentiva come quella notte a Parigi, nel '44, quando con altri amici spagnoli aveva liberato l'Europa dal tallone di ferro dei totalitarismi.

Si scambiarono un sorriso: Itzurza lo salutò, dopo aver lasciato la sua mano sicura e paterna. Miguel annuì lentamente, ma invece di riprendere in mano Dostoevskij appoggiò la testa sul letto. *La quercia è in buone mani*, pensò.

Chiuse gli occhi, ed un sonno più profondo del solito lo colse.

XIX

San Juan de Gaztelugatxe, aprile 1993

Itzurza aveva appena finito di pulire casa, dalla Tv uscivano suoni sommessi, che quasi evocavano un mondo lontano, un'eco persa nei meandri della storia. Il piccolo schermo ricordava la recente crisi del governo, messo in scacco dalla sfiducia del partito nazionalista basco Herri Batasuna, che chiedeva altre risorse economiche minacciando la ripresa di azioni violente. Un sorriso mielato incorniciava il viso di Itzurza. Sorridiamo sempre quando abbiamo le situazioni in mano e più riusciamo a sorridere più abbiamo il controllo della nostra esistenza.

La sua corazza non era scalfita, aveva capito che quella guerra, al pari di tutte le altre, si combatteva solo per gli altri e alla fine i veri sconfitti eravamo sempre noi idealisti.

Itzurza prese in mano una foglia di quercia, il suo albero preferito: quel legame con la sua terra che la faceva sentire viva, la riscaldava. Quando si sentì sola, quella notte, la sua mente volò verso una distesa enorme di alberi in fiore, nella foresta dietro a Eibar, come l'unico baluardo di bellezza rimasto.

A volte scompariva lentamente, verso la scogliera, bagnata dal mare di Biscaglia, verso la piccola Chiesa troneggiante sullo scoglio di Gaztelugatxe. Con lei

Xavier, ormai anziano, che procedeva a passo lento e Munain, quel ragazzo incontrato per i vicoli di Bilbao ormai un decennio prima e che aveva fatto breccia in quella donna un tempo inaccessibile, ed era riuscito in qualche modo a rappresentare una sicurezza al suo fianco. Era lui che sorrideva più di tutti, appagato di aver trovato la felicità dopo anni di ricerca.

Il mare non si calmava mai in questo eremo dimenticato dal mondo.

La Famiglia

I

Xàtiva, giugno 1982

Padre Esteban scrutava il cielo quasi a cercare di scorgere, fra l'azzurro sconfinato e il bianco delle nuvole, la fessura attraverso cui le anime approdano in paradiso. I suoi occhi scorrevano lenti, prima osservando le diverse tonalità di blu per poi perdersi nei movimenti delle nubi che danzavano lentamente sopra di lui. Respirò profondamente e chiuse le palpebre.

Aveva una folta barba incolta con sfumature che andavano dal grigio chiaro al bianco luminoso, con qualche reminiscenza di scuro qua e là.

Le campane suonavano meccanicamente le dieci. Esteban si voltò a osservarle e quel suono fece correre indietro la sua mente. Erano i primi anni di sacerdozio quando quelle stesse campane, nuove e luccicanti, venivano suonate dalle mani dei seminaristi, futuri parroci, che tirando una possente fune rendevano umano quel suono divino.

Esteban a quel tempo era un giovane sbarbato e portava una tonaca grigio chiaro. Mi sembra di vederlo ridere nella tranquillità del chiostro. Ha da poco terminato un seminario di Teologia, e con i suoi colleghi di sacerdozio si avvicina alle campane. Un gruppo di ragazzi sulla ventina, spensierati e senza grandi pretese. La guerra civile è terminata da poco e una nuova generazione, seppur in una dittatura, poteva scegliere il proprio avvenire. Insieme ai suoi amici tira a più non posso quella fune per far volare a turno uno dei suoi compagni. Non c'è sensazione più bella che possa provare: quando è il suo turno si sente lanciato in alto, con l'aria che entra ed esce repentina dallo stomaco, rischiando sempre di cadere a terra fra le risa dei compagni. Quella risata, persa nei meandri della struttura sacra, riecheggiava adesso nelle orecchie di Esteban.

Negli anni, la genuinità di quel gesto era venuta a mancare. Qualche anno dopo, quando era diventato uomo, con una folta barba nera a caratterizzare il suo viso, e parroco proprio di quella Chiesa, si presentarono di fronte a lui due elettricisti inviati da Madrid.

Il movimento umano che con preziosa imprecisione scandiva i rintocchi delle campane venne sostituito da un nuovissimo sistema di automazione che faceva suonare quelle campane in modo puntuale, ordinato, senza margine di errore. Serviva solo una manutenzione annuale del congegno, ragion per cui la presenza umana costante in quell'operazione non era più necessaria. A volte, per ristabilire quelle sensazioni perdute, Esteban aveva voglia di manomettere quel marchingegno, di tirargli un calcio e spaccarlo. Una volta rotto il dispositivo, avrebbe ristabilito l'ordine naturale che aveva trovato nella giovinezza e che adesso si era perso nell'oblio del mondo.

Tante cose aveva visto cambiare nel tempo Esteban, si erano perse abitudini e tradizioni, e con esse le sensazioni che portavano con loro.

Era nato nei pressi di Valencia subito dopo la prima grande guerra, alla quale la Spagna aveva deciso di non partecipare. Il padre, Francisco, tra i fondatori dell'Opus Dei, rese a Esteban quasi inevitabile la carriera ecclesiastica. Negli anni di sacerdozio, però, le cose non andarono come Francisco si augurava per il figlio. Se da un lato Esteban incontrò la vera fede, le ambizioni di carriera e di potere del padre rimasero sempre indigeste per il suo animo genuino. Divenne un figlio ribelle, che nelle aspettative del padre non vedeva nulla di sacro, ma l'espressione di ciò che di più profano si potesse incontrare.

Coesistevano nel suo animo due elementi inconciliabili: da un lato l'amore per Cristo, la fede che lui sentiva dentro di sé come un fuoco che lo riscaldava, che lo proteggeva dall'incertezza della vita, dall'altro l'astio per una struttura di potere della quale non avrebbe voluto condividere nulla, ma nella quale era costretto a convivere per svolgere il suo compito verso Dio.

Un labirinto: Esteban non riusciva mai a trovare il filo adatto che lo conducesse all'uscita.

Fu così che si trovò a condurre una vita anomala, da un lato servo fedele del signore, dall'altro insubordinato sacerdote nella struttura creata dall'uomo. Questo lo portò a privilegiare una visione profana del credo, preferendo a celebrazioni solenni la tranquillità della vita di provincia e la compagnia delle persone semplici, evitando diocesi più prestigiose alle quali solo in pochi potevano accedere. Con il tempo organizzò tante missioni benefiche in Africa, mense di carità per i bisognosi della Comunità Valenciana ed eventi di aggregazione e solidarietà nel mondo in cui operava, cercando di rendere quel suo agire il più possibile concreto.

Condusse i suoi molti anni di sacerdozio tenendo con una mano il Vangelo, quello ufficiale, e nell'altra ben nascosti sotto la tonaca, i suoi inseparabili libri di Garcia Lorca.

Quello però era un giorno triste, un momento di sconforto per tutta la collettività.

Appoggiò le mani sull'altare. Il suo viso non riusciva a nascondere la tristezza. Non si dava pace che a volar via fosse un ragazzo, di oltre trent'anni più giovane di lui. Trattenne le lacrime, e cominciò la sua omelia.

Una gran folla riempiva i banchi di quella Chiesa come fosse un funerale di Stato. Esteban conosceva tutti, molti li aveva visti nascere, ed era molto legato al ragazzo che giaceva nella bara di fronte a lui.

Lo aveva conosciuto proprio in quella parrocchia, anni prima, quel ragazzo un po' impacciato e impaurito, che partecipava ai corsi di catechismo. Lo vide da subito frastornato a causa di una situazione familiare non semplice: i genitori si erano separati da qualche anno e il rapporto con le sorelle non poteva dirsi dei migliori. Pensò, in cuor suo, che quel giovane avesse bisogno di vicinanza più di altri. Iniziò così a ritagliarsi del tempo solo per lui, anche fuori dalle ore di dottrina. Il loro rapporto, col tempo, divenne speciale. La visione critica della Chiesa professata da Esteban era per quel giovane l'unica alternativa al modello di vita con cui si confrontava a casa e a scuola.

Quando, anni dopo, quel ragazzo si trasferì a Madrid per iniziare l'Università, non dimenticò mai di inviare qualche lettera all'amico sacerdote e quando tornava a casa, un paio di volte all'anno, non mancava in nessun caso di fare visita al suo mentore dalla barba grigia e bianca.

Quando Esteban seppe che era andato via per sempre, sentì volare via una parte di sé.

II

Il clima era torrido, come sempre in queste zone, come sa chiunque abbia passeggiato almeno una volta tra le case bianchissime di Valencia e abbia ammirato le sfumature cromatiche della luce riflesse sui muri candidi e roventi. Le architetture sono simili a quelle che si incontrano in Andalusia, ma il vento qui è una costante che in poche altre regioni della Spagna si impone con la stessa determinazione.

Qui nella Comunità Valenciana proliferano i mulini a vento, a cercare di incanalare una forza inspiegabile, troppo intensa per essere domata. E in mezzo a quelle distese aride, alle pale che incessantemente si muovevano al ritmo della natura, si trovava Xativa con la sua minuscola Chiesa, dove si narrava che pure Carlo Magno avesse passato una notte negli anni del suo Impero. La struttura sacra aveva un color avorio, e sovrastava la città e la zona, tanto da risultare ben identificabile anche dai paesi vicini soprattutto nelle giornate primaverili, mentre scompariva durante le nebbie autunnali.

Quel giorno un lungo corteo di giacche scure e scarpe nere si snodava per le strade del paese fino alla Chiesa. Si contavano cento, forse centoventi persone. La dimora dell'Onnipotente in quel pezzo di terra è piccola, di certo non sufficiente a contenere tutte quelle anime. C'era da giurare che per accaparrarsi i posti migliori, contravvenendo alle leggi di Dio, i presenti non avrebbero rispettato il prossimo loro, nella speranza di sedersi sulle panche più fresche, vicini alle uscite.

Esteban attendeva a braccia tese che i fedeli entrassero e si disponessero ordinatamente lungo le panche nelle due navate, addobbate con un triste corteo di fiori.

In mezzo a quella calma una ragazza era irrequieta, si agitava sui suoi tacchi a spillo e cercava qualcosa nella sua borsa tutta in disordine.

Quando Clara si affacciò al portone della Chiesa, aveva ormai accumulato un ritardo enorme rispetto all'inizio della cerimonia. Arrivata al suo posto, in prima fila, gli occhi di Elena raggelarono mentre Matias la teneva per mano.

Già, Matias ed Elena.

A vederli insieme era impossibile non pensare a quanto fossero diversi l'uno dall'altra. Si erano sposati diversi anni prima, con una cerimonia nel verde della campagna sopra Xativa, fra rose rosse e *agua de Valencia*.

La prima volta si erano incontrati in uno dei tanti cinema di Valencia, dove Matias si era trasferito per studiare architettura. Si conobbero al chiosco di *churros* dopo la proiezione di un cortometraggio di un giovane regista della Provincia di Ciudad Real, parlando dell'intensità delle sue pellicole e di quanto successo avrebbe riscosso, raccontando la Spagna al mondo intero.

Rimasero affascinati l'una dall'altro, da come le loro diversità fossero motivo di intesa piuttosto che di ostacolo, e si sentivano fortunati di essersi incontrati. Era incredibile trovare la propria anima gemella a due isolati da casa propria.

La calma di lui era l'unico contenitore dove lei potesse riversare le sue ansie, con lui poteva finalmente sentirsi apprezzata. La famiglia di Matias, umile ma unita, all'inizio ebbe non pochi imbarazzi a confrontarsi con la famiglia benestante di Elena. Il conflitto tra i genitori, la stravaganza della sorella e l'assenza del fratello, facevano vivere la ragazza in una situazione di pesantezza e di difficoltà tanto che, appena le fu possibile, si allontanò dal suo nido di origine, prima per andare a studiare in Francia, poi per andare a vivere con Matias in un appartamento alla periferia di Madrid.

Gli anni passarono veloci, e così come tutte le cose quando sono messe di fianco, anch'essi finirono per ibridarsi l'uno con l'altra. Elena era diventata conciliante, aveva smesso di dedicarsi a tempo pieno alla sua passione per il cinema e il tono della sua voce si era fatto sempre più simile al sussulto che non alla tempesta.

L'espressività di Elena divenne così docile che negli anni Matias si chiedeva spesso chi dei due fosse la parte più tranquilla della coppia, anche se gli inevitabili e costanti contatti con la sua famiglia le facevano tornare a galla quella irrequietezza che riusciva a tenere sopita per lunghi periodi. Soprattutto c'era qualcosa nel modo di fare della sorella che scatenava in lei antiche frustrazioni mai affrontate. Sensazioni che, ciclicamente, le ricordavano che un giorno non avrebbe più potuto girarsi dall'altra parte ma avrebbe dovuto guardare dritto dentro di sé e affrontare quei conflitti da cui era fuggita cercando di ignorarli.

Così, quando Clara giunse in ritardo al funerale del fratello, ucciso in maniera barbara durante un'imboscata nei Paesi baschi, la calma di Elena lasciò il passo alle antiche angosce e malesseri. Stringeva forte l'orologio che le cingeva il polso sinistro, e quella presa su un oggetto fisico era l'unico mezzo per poter sfogare la sua tensione. La femminilità volgare, esagerata, irriverente della sorella l'aveva sempre messa a disagio, come se Clara avesse voluto dimostrare di essere più bella, più intrigante, come a voler estirpare le radici comuni e dimostrarle che era differente e migliore di lei. In cuor suo, quella sorella che non aveva mai sopportato, era l'immagine della rivale amorosa che non aveva mai avuto nella vita, ma non si era mai scontrata con lei per paura di ferire o essere ferita, con la consapevolezza che sottrarsi al dialogo era l'unico modo per comunicare con lei.

Sentì i suoi tacchi che giungevano da dietro, e non volle nemmeno degnarla d'uno sguardo. Per fortuna, di fianco a lei c'era Matias, la cui mano possente era l'ancora alla quale appendere la sua rabbia inespressa.

III

Carlos, il padre di Elena e Clara, prese posto davanti a tutti: sapeva bene che la sua primogenita era l'unico legame con la famiglia, l'unica figura femminile che provava ancora per lui un briciolo di stima. Provò a sorriderle all'ingresso della cerimonia ma Elena, provata da tutta quella situazione, sembrò non farci caso, era stordita dal caldo, afflitta e si sentiva addosso tutta la pesantezza di quel momento.

Aver tradito la fiducia della sua vecchia compagna Maria, quasi 30 anni prima, aveva instillato in Carlos un senso di irrequietudine così grande che adesso qualsiasi contatto con il mondo femminile lo metteva in difficoltà. Preferiva le compagnie maschili: alternava discorsi sul calcio a quelli sulle scommesse ai cavalli o sul valore di questo o quel titolo in borsa. Argomenti lineari, che lo facevano sentire al sicuro negli ambienti patriarcali in cui si muoveva, sottraendolo al pericolo di scivolare su argomenti personali e al rischio di dover parlare della sua instabilità emotiva, della difficoltà a relazionarsi con l'altro genere, della sua vita familiare frammentata in mille pezzi sparsi.

Ma cosa avrebbe dovuto fare Carlos? Il padre, un franchista della prima ora, si era sempre speso per il suo ideale di Spagna *¡Una, Grande y Libre!*, come recitava il motto franchista. Aveva lottato durante la guerra civile senza lesinare coraggio o intraprendenza, e aveva vinto la sua scommessa con la storia. Di conseguenza, le regole nella casa di Carlos furono abbastanza semplici fin da subito, e l'aver scelto quella parte della storia rese al nucleo De Guzman la vita agevole nei decenni della dittatura. Dei tre fratelli, Carlos fu l'unico a cui quell'etichetta andava stretta: avrebbe voluto fare il pittore, dedicarsi alle arti ed alla filosofia, ma in quell'Universo dove tutto era già ordinato su binari prestabiliti il giovane Carlos De Guzman dovette studiare Economia. Non avrebbe potuto perdersi nell'ozio della letteratura, doveva studiare materie vere e concrete, solo così avrebbe soddisfatto lo status sociale al quale apparteneva, solo così avrebbe reso servizio alla grandezza della sua patria. Chiuse quindi i sogni da artista nel cassetto e iniziò prima la carriera da economista, per poi dedicarsi a tempo pieno alla politica. Ancora non saprebbe spiegarsi se la sua scelta fu dettata più dal timore di scontrarsi con la famiglia o piuttosto da una sua pigrizia innata, dal desiderio di preferire la via più tranquilla al dare libero sfogo a quello che era veramente. Una domanda che, negli anni, non mancava di porsi costantemente. La politica fu conseguenza inevitabile di quel percorso prestabilito, in quella Spagna di metà secolo era ineluttabile essere franchisti. Nell'*Alianza Popular*, alla quale si era iscritto anni addietro, esistevano diverse correnti: una era quella dei più nostalgici, che auspicavano un permanere dell'impostazione autoritaria dello stato, l'altra quella liberale, che non vedeva l'ora che la Spagna entrasse nella Comunità Europea e abbandonasse le stigmate della dittatura. Carlos non scelse mai dove stare, ondeggiando fra le due correnti come una piuma, riuscendo per questa sua ambiguità a ottenere incarichi di partito sempre più importanti. Ponendosi sempre a metà, senza entrare in guerre intestine al partito, il suo nome acquisì una certa credibilità, tanto da divenire sinonimo di stabilità e sicurezza. Senza sforzi eccessivi, Carlos venne eletto al Congresso dei Deputati, ottenendo un successo incredibile in quel mondo che, tuttavia, in fondo alla sua anima, sentiva non appartenergli. Venne assegnato alla Commissione esteri, dove gestiva personalmente i rapporti con gli Stati Uniti, mentre nel partito venne inserito all'interno della direzione generale, con buone prospettive, un giorno, di puntare ancora più in alto.

La sua fama politica cresceva di anno in anno. Ma se il non prendere posizione lo aveva agevolato nella politica, nella vita privata lo condusse nella direzione opposta.

Il suo matrimonio era fallito, i rapporti con le figlie erano burrascosi. E ora il figlio maschio, l'unico nel quale riponeva la speranza di dare continuità ai suoi progetti politici, era stato ucciso in un'imboscata dai terroristi di ETA.

Carlos in quel momento era la figura più debole della cerimonia, il potente di turno da disprezzare, ma allo stesso tempo era un uomo come gli altri con i suoi errori e le sue debolezze. Le sue lacrime, seppur celate agli sguardi dei presenti, di sicuro erano tra le più sincere e spontanee.

La lenta omelia di Esteban si allungava, senza che la temperatura accennasse a diminuire. La navata era stracolma di persone e il caldo si faceva sentire, macchiando le camicie e segnando i visi arrossati. Una donnina con un cesto per le elemosine iniziò il suo consueto tragitto domenicale, triste dinanzi al fanciullo strappato alla vita, ma intimamente speranzosa che dalle tasche di quei ricchi uomini d'affari potessero uscire donazioni generose.

Ma per quanto la ricchezza di quella sala fosse ben sopra la media dei cittadini spagnoli, fu da una borsetta modesta e consumata che venne fuori l'oggetto più prezioso: la mano femminile frugò per trovare degli spiccioli, e una volta consegnata una banconota da venti *pesetas* si ritrovò tra le dita una tessera rossiccia, sbiadita, dei tempi dell'Università. Non parve farci caso, e l'omelia di Padre Esteban riprese poderosa fra le mura della Chiesa di Xativa.

IV

Portò la mano alla borsetta e lasciò pure lei qualche spicciolo nella cesta delle offerte. Aveva un rossetto di un colore rosso intenso come il sangue di un toro, e tacchi imponenti su scarpe minute e scure che la slanciavano tanto da farla sembrare imponente. Clara amava veramente suo fratello, forse era la persona che più di tutti in famiglia gli era vicino. A scuola, quando suo fratello veniva preso di mira dai ragazzi più grandi, o in casa, quando le liti non finivano mai, lei era sempre lì a incoraggiarlo e spronarlo.

O almeno così credeva.

Per Ricardo non era stato facile tracciare un cammino lineare: nascere e crescere nel bel mezzo di una guerra fra i genitori non gli aveva certo agevolato il compito.

Elena appena potuto era fuggita all'estero per studiare e, una volta tornata, la sua presenza era meno tangibile di quando era via. Secondo Clara Matias era un buono a nulla, che Elena aveva sposato con la scusa della complementarità dei caratteri. Il vero motivo secondo lei era che sua sorella iniziava ad avere più di venticinque anni, e nel Medioevo castigliano a quell'età una donna era alle soglie della vecchiaia. Un matrimonio di comodo pensava, altro che affinità elettive.

Si era portata al funerale uno dei suoi ultimi spasimanti. Un catalano alto e moro, dai lineamenti ancora infantili, sembrava una di quelle figure che avrebbero caratterizzato in futuro il cinema di Almodovar. Lo impauriva il contesto in cui era stato catapultato, e più in generale era una persona intimorita dalla vita e da come questa prenda traiettorie improvvise e inaspettate. In quel momento, il suo viso teso lasciava trasparire il suo disappunto e se i suoi pensieri avessero fatto rumore si sarebbero sentite le maledizioni che mandava a sé stesso per aver offerto da bere, appena tre giorni prima, a quel caschetto marrone. Non riusciva a scaricare la tensione in alcun modo se non stringendo i pugni con vigore e controllando il nodo della sua cravatta ogni minuto.

In mezzo a quella borghesia che ripudiava, con un padre che le aveva abbandonate da piccole, Clara decise volutamente di arrivare in ritardo e fare così un dispetto al padre Carlos. Per lei quello era il palcoscenico perfetto per dimostrare tutta la sua contrarietà a quel mondo benpensante cui non aveva mai sentito di appartenere: quella sua passerella e quella sua presenza stonata e fuori luogo erano un atto di rivalsa e rivincita. Benché fosse riuscita nell'intento di essere fuori contesto, solo la sorella manifestò disappunto, mentre tutti gli altri presenti, in preda alla calura estiva e alla commozione comunitaria, non fecero nemmeno caso all'ultima arrivata.

Nel frattempo, lo sguardo gelido di Maria, si soffermava su tutti i presenti a indagare su ogni espressione.

Si era accomodata in prima fila, ma con la scusa di distrarsi si era mossa sulla parte destra della navata, in piedi, con le braccia conserte, dietro a una colonna di marmo. Nascosta così da poter osservare tutti, senza però attirare su di sé l'attenzione altrui. Vedeva Carlos, in prima fila, paonazzo di sudore, Elena poco indietro, con gli occhi attaccati al pavimento, e quella sciagurata di Clara, arrivata proprio in quel momento, intenta a sistemarsi il rossetto.

Per quanto fosse lì per salutare suo figlio e soffrisse per la sua perdita, il suo lucido distacco da ciò che le accadeva rimaneva incrollabile. In un senso surreale, Maria amava quella rappresentazione che stava avvenendo sotto i suoi occhi, l'ambiguità della situazione nella quale si trovavano e la posizione di dominio che, dopo decenni di sofferenze, la sua femminilità aveva conquistato. Da attrice, Maria aveva deciso di scambiarsi di ruolo con il regista, e quel cambio le sembrò subito vantaggioso.

Al termine della cerimonia funebre, in mezzo al brusio della folla che si dileguava, alla fedele che raccoglieva le ultime elemosine e alle campane che scandivano la loro triste nenia, Maria si ritrovò da sola, in quella cattedrale ormai deserta. Don Esteban andò a rifugiarsi nelle poesie a lui care di Garcia Lorca e si appartò con il libro dove avrebbe potuto finalmente leggere lontano da sguardi indiscreti. L'unica rimasta ancora dentro la Chiesa era lei, la donna delle elemosine, con il viso avvolto dentro un fazzoletto *azul* da cui spuntano fuori dei capelli, che tradivano sia la stagione dell'anno, sia tutte quelle da lei vissute. Si sedette tra i banchi della Chiesa per riposarsi un poco e per rivolgere una preghiera al Signore, poi, prima di rimettersi in piedi, vide biancheggiare sotto la panca una borsetta color panna, che qualcuno doveva aver dimenticato.

VI

Una mano appoggiata al portone della Chiesa, l'altra in basso a cercare il piede. Qualcosa nella scarpa si era slacciato, e Clara era inclinata sulla parte sinistra del corpo per cercare di rimetterlo in ordine. Il catalano che era con lei finse indifferenza e si accodò pian piano al corteo funebre, sperando che l'occasione per svignarsela potesse presentarsi di lì a poco.

Due occhi inespressivi si fermarono sui movimenti della mano di Clara: sfuggendo l'incrocio degli sguardi ma senza indugiare, Maria redarguì la figlia con severità.

"Mi sarei meravigliata d'averti vista in orario".

La ragazza aveva percepito la presenza della madre, e si stava preparando ad affrontarla. Finse che il problema al laccio fosse più impegnativo del previsto, raccolse i pensieri indugiando in quella posizione: chinata verso il basso, riuscì a sottrarsi al confronto con Maria.

Uscì dalla Chiesa anche Elena, che era rimasta indietro, e non poté evitare di imbattersi in loro. Matías le era di fianco e, malgrado fosse consapevole che nel giorno dell'ultimo saluto al fratello quell'incontro poteva non andare bene, decise lo stesso di lasciare all'intimità familiare la sua compagna.

Clara sistemò il suo tacco, ma nel voltarsi per non incrociare la madre si trovò il profilo esile di Elena davanti.

In Chiesa non l'aveva osservata accuratamente. Le sembrò più stanca del solito e pur non volendo parlarle, vedendola in quella insolita difficoltà, ebbe come l'intuizione che le fosse accaduto qualcosa. Vide la sorella sull'orlo di una crisi e provò un istinto di compassione per Elena, una solidarietà fraterna di cui aveva perso il sapore. Ma non fece in tempo ad aprire bocca che la presenza di Maria fu come un getto d'acqua gelida.

"Brava Clara, bravissima", le disse la madre sfiorandole le spalle, *"un altro tatuaggio! Hai proprio buon gusto, figlia mia. Di cosa si tratta stavolta? Il volto di Fidel, un pugno chiuso, forse una mappa stilizzata della Palestina, di cui difendi i diritti senza saperne nulla?"*.

Clara si scostò infastidita, dandole di nuovo le spalle *"Ciò che porto sulla pelle non deve interessarti"*.

"Ah no cara, tranquilla, l'unica cosa che potrebbe interessarmi è sapere che lavoro fai, chi frequenti, come passi il tuo tempo... ma di tutto ciò non ho notizia da anni". Guardò in alto, con l'esperienza dell'attrice consumata a cui sapeva attingere con malizia. *"Ah povera illusa"*, continuò, *"avrei voluto per te le migliori soddisfazioni, un lavoro rispettabile, una bella famiglia... e invece mi ritrovo una figlia sciagurata con la pelle marchiata come i carcerati e che fuma erba. Come mi ero illusa!"*.

"Non sei tu a essere illusa", rispose Clara voltandosi lentamente, il caschetto marrone palesava il suo volto a metà, *"Sei tu che non ci hai mai reso libere: ognuno di questi tatuaggi è lì a ricordarmi della tua superbia e di come non voglio diventare"*.

Elena osservò la scena a distanza di sicurezza. In mezzo a quei due fuochi rischiava di essere come un pezzo di metallo: non l'avrebbero bruciata, ma avrebbero potuto alterarne la forma senza che lei potesse opporsi. Si sistemava di continuo l'orologio o portava i capelli dietro l'orecchio, mentre da lontano Matias non la perdeva d'occhio un secondo.

Maria iniziò a camminare tutto intorno alla figlia con aria beffarda, *"Clara Clara... scelsi questo nome per fare di te una Regina. Possibile che tu non riesca a vedere cosa sei diventata? Possibile che ogni volta che ti incrocio per strada debba sempre vergognarmi?"*.

Clara iniziò a spazientirsi, *"Guarda il risultato delle tue aspettative su di noi, guarda la tua cappa cosa ha prodotto"*, e girandosi di scatto, con tutta la foga che aveva in corpo e che fino ad allora era rimasta quiescente *"Guardalo là, nostro fratello. A Ricardo hai imposto di rinunciare a tutti i suoi sogni e alle sue speranze, per condurlo sulla strada che volevi tu, e questo l'ha portato a morire per una causa che non era sua, che non voleva abbracciare"*.

La veemenza delle sue parole era un crescendo di spietatezza, era il momento in cui rinfacciarle ogni singolo errore e mostrare tutto il disappunto per il suo operato da genitore.

Maria se ne stava in silenzio, altezzosa come al solito, con lo sguardo inflessibile e la pazienza di chi ha già le parole giuste pronte da dire, e attende solo che sia il suo turno per chiedere il conto.

"Hai fatto lo stesso con noi", continuò Clara, *"ci hai impedito di realizzarci perché sei invidiosa, non vuoi che nessuno di noi vada per la propria strada perché tu hai fallito, e se non ci sei riuscita tu, a realizzare i tuoi desideri, non deve riuscirci nessun altro. Sei piena di soldi ma senza dignità, mantenuta da un uomo che non ti ama, senza nessuno che tenga realmente a te"*.

Maria mise le braccia conserte, senza dar più peso alle parole, nell'attesa di vedere fin dove l'ira della figlia sarebbe arrivata.

"Ricardo ha seguito fin troppo bene la strada che gli hai imposto tu insieme a Carlos, quella che lui non voleva, e adesso guardalo, brutta franchista… l'hai fatto ammazzare".

In quel momento Maria perse la sua compostezza e la colpì al volto: uno schiaffo preciso ed energico a tal punto da far capitolare a terra la figlia.

Padre Esteban, allertato da quel parlare concitato e alterato, vide la parte finale della scena e cercò di raccogliere quei tizzoni ardenti prima che incendiassero tutto. *"Signore, vi prego, siamo davanti alla casa di Dio"*. Maria gli rivolse lo sguardo, con fare superbo, *"Se non per l'Onnipotente, almeno abbiate rispetto del vostro caro Ricardo"*.

Clara si trattenne; il volto tirato, il respiro affannoso, quasi che il drago che aveva tatuato sulla spalla avesse iniziato a sputare fuoco contro la madre, si ritirò di colpo seguendo le ragioni di Esteban e si allontanò con il viso tutto rosso.

Maria non si mosse, un sorriso rabbioso le spuntò sul volto, intimamente contenta di non aver dato ulteriore seguito a quello scatto di rabbia che l'avrebbe messa in cattiva luce presso la borghesia valenciana.

Le due donne si allontanarono, ma nessuno si accorse che la terza del gruppo aveva già lasciato il palcoscenico da qualche minuto. Prima che le cose peggiorassero, Matias aveva preso la moglie traballante per il braccio e l'aveva condotta in macchina. Il sole era ancora alto sulla costiera Valenciana, e la strada per Madrid ancora lunga. Qualche minuto di più in quel luogo e temeva che il cuore di Elena non avrebbe retto lo sforzo.

L'aria condizionata divenne il sottofondo di quella partenza. Elena si accasciò sul sedile, il corteo funebre sfilava di fianco.

L'ultimo saluto a Ricardo non era andato come avrebbe voluto.

VII

Madrid, giugno 1982

La Seat Leon bianca dopo un lungo viaggio entrò finalmente nell'anello di Madrid. Quello della capitale è uno degli snodi autostradali più grandi d'Europa, creato per connettere la città più grande del Regno con tutte le arterie del paese. La vettura mise la freccia mentre un neon arancione illuminava la carreggiata ad intervalli alterni e imboccò l'uscita in direzione Getafe. Il traffico di domenica sera era quasi del tutto assente, mentre gli impianti di ultima generazione rendevano il percorso sicuro e rilassante. Qualche autogrill era aperto tutta la notte e diversi hotel nelle vicinanze degli svincoli autostradali erano popolati da avventurieri di passaggio. La luna faceva capolino in cielo, proprio mentre l'auto si lasciava scivolare sulla rampa d'uscita.

Matias guidò in silenzio per tutto il viaggio da Xativa a casa, scrutando a intervalli regolari l'espressione senza emozioni di Elena. Una sosta nei pressi di Albacete, uno sguardo alla Castiglia al crepuscolo, nulla più. Giunsero a casa sul fare della sera, mentre le ultime avvisaglie del sole scomparivano là verso il Portogallo. L'irrequietudine che pervadeva Elena non lasciava spazio ad altri pensieri. La temperatura si era abbassata, e giunsero nei pressi della capitale con qualche brivido di mezza estate.

Quand'era la prima volta che mamma aveva dato uno schiaffo a Clara? Cinque, sei anni fa? Pensò Elena, scorrendo con la mente tra i suoi ricordi, e si soffermò su alcuni stralci dell'adolescenza.

Ricordò un trambusto enorme al piano di sotto, nella casa signorile con le pareti ornate di rifiniture d'epoca dove vivevano. Quella villa fuori dalle mura di Valencia era d'epoca Vittoriana, e ne portava ancora tutti i retaggi. Carlos nell'acquistarla aveva provveduto a dare alla prole un ricco sostentamento. C'era pure qualche quadro di valore ai piani bassi, mentre tante stanze rimanevano piene di polvere per la maggior parte dell'anno. Le liti fra la madre e la sorella erano all'ordine del giorno, e impedivano a Elena anche di ricordare quale fosse l'ultima cosa che avesse letto nel suo libro di cinematografia. Era di ritorno da un soggiorno di studi in Francia, a Bordeaux, uno dei prototipi del programma Erasmus che il padre Carlos era riuscito a farle ottenere con gli agganci giusti al Ministero degli Esteri. In Francia, l'indole di Elena si era fatta ancor più tranquilla di prima, tanto che per farle aprir bocca doveva essere interpellata più volte sullo stesso argomento. Matias l'aveva attesa per tutto quel periodo, sapendo che al ritorno avrebbero finalmente realizzato la loro unione. Rammentò che aveva un esame qualche giorno dopo, e con quel putiferio era impossibile concentrarsi; i rumori erano così forti che decise di scendere a dare un'occhiata.

La prima cosa che ricordava, soffusa, era quel tatuaggio enorme lungo tutto il braccio sinistro di Clara, una sorta di serpente arrotolato attorno ad una rosa piena di spine. A quell'epoca Elena aveva ventun anni mentre Clara, appena diciottenne, era all'apice della sua ribellione contro la famiglia.

"Se non ti levi quell'oscenità dal braccio, tu in questa casa non entri più", sentenziò Maria.

Quella sera avrebbe organizzato una cena con i suoi colleghi lì alla villa, e l'immagine di quella figlia con un disegno simile stampato sul corpo bastava a mandarla su tutte le furie. La giovanissima Clara alzava le mani in modo affannoso, a rimarcare la volontà di quella scelta, il fatto che avesse età e giudizio per fare quello che desiderava, che non voleva altri franchisti in quella casa e che avrebbe fatto di tutto per rovinarle la serata. Elena non voleva intromettersi, non lo faceva mai, ma macchiare quella serata alla madre le pareva un peso sotto il quale la casa dove vivevano non avrebbe resistito.

Si schiarì la voce e si rivolse alla sorella.

"Dai Clara usciamo, al cinema danno un film di quel regista giovane, come si chiama…"

"*Che cazzo vuoi tu*", le inveì contro Clara, spostando sulla sorella l'attenzione "*Non dovevi restare in Francia un altro anno? Per me puoi andare al diavolo!*".

Fu la prima volta che Maria le lasciò in faccia i segni delle sue cinque dita. Clara cadde per terra, e per un attimo non intese l'entità del colpo. Si rialzò qualche secondo dopo, ancora frastornata. Elena fece per cingerle il braccio e accompagnarla in camera, ma Clara ritrasse d'istinto la mano e uscì di casa sbattendo la porta.

Un sobbalzo dell'auto: una buca, o forse uno spartitraffico. Si era addormentata nella comodità di quella Seat. Pochi metri ancora e sarebbero arrivati a destinazione, una piccola villetta non lontano dall'Università Carlos III. Per un attimo Elena vide nella nebbia della sera un frammento di un decennio prima, ma l'arrestarsi dell'auto davanti al garage di casa la riportò nel cuore di Getafe.

Matias prese le valigie, come un facchino dedito al suo lavoro. Di solito Elena non rifuggiva mai da quei compiti tipicamente maschili, ma quella sera la stanchezza l'aveva colta in tutta la sua pienezza.

Allungò la mano per aprire la porta di casa, e per poco non inciampò. Quel semplice gesto le parve di una pesantezza fuori dal comune. Un pezzo di torta lasciato sulla tavola prima di partire alla svelta per Xativa, l'orologio a pendolo che si era inceppato. Si avviò verso la camera da letto, come se qualcosa l'avesse stordita, come se la concezione del tempo non fosse più stabile. Lasciò andare la borsa sul corridoio e sprofondò sul cuscino.

Matias non fece in tempo ad accarezzarla che Elena si era già addormentata.

VIII

Alzando lo sguardo Matias intravide una densa coltre di nubi all'orizzonte, che rendeva il cielo di Manhattan più plumbeo e introverso del solito, il riverbero della luce rendeva il vetro accecante, come quello di un sogno mal definito. Si sentì appesantito come dopo un pranzo di metà estate.

Quando esco da qui?

L'enorme grattacielo che si stagliava sulla sinistra gettava un'ombra di dubbio sulla consistenza stessa dei suoi pensieri. Il mondo fuori ruotava sul suo asse. Non c'erano né sampietrini né ballatoi, elementi a lui familiari dei quali a New York non c'era traccia. Chiamò un taxi dai colori gialli e neri in maniera automatica, senza farci caso; un tempo era un gesto che lo divertiva, si sentiva come il protagonista di un film di Hollywood: dare istruzioni precise su dove andare e dove portarlo. Nel corso degli anni quell'euforia iniziale era svanita. Salì in auto e in poco tempo si ritrovò ad ammirare l'immensità dell'Oceano Atlantico.

Uno stridio, un ritmo irritante. La lancetta dei minuti aveva compiuto l'ennesimo giro, ed adesso la sveglia gli ricordava con insistenza che era ora di andare al lavoro. Le sette in punto. Si svegliò imbronciato, con ancora in bocca il sapore di quelle immagini sbiadite. Non era in viaggio, Matias, se non con la sua mente. Di fianco a se, Elena continuava a dormire.

Cosa fai, non ti alzi?

Era tornato inquieto da quel viaggio: la notizia dell'attentato a Lemoniz dove il cognato era morto, il funerale, quella lite fra moglie, cognata e suocera, poi di colpo il sonno repentino, inspiegabile della moglie. *Ma da quanto dorme, due, tre giorni? Una settimana?* Si chiese adesso con un filo di inquietudine.

Si alzò dal letto, quasi senza badare a dove appoggiasse i piedi.

Il pensiero di Elena addormentata in quello stato lo teneva inquieto. Se da un lato era certo che dopo uno *shock* del genere la moglie avesse bisogno di riposo, dall'altro sapere che da quando erano rientrati, ormai qualche giorno fa non l'aveva vista più sveglia lo intimoriva.

In un frammento confuso dei suoi pensieri c'è il suo viso, rilassato in una espressione di perfezione. *Perché non le hai parlato?* Aveva pensato che era opportuno non disturbare quel sonno, che un qualsiasi contatto con il mondo esterno avrebbe potuto essere pericoloso: senza spiegazioni chiare su ciò che stava accadendo era meglio non correre rischi. Se quel giorno, durante il rientro a Madrid, le avesse detto davvero quello che pensava sulla sua famiglia, magari avrebbe preso uno schiaffo pure lui, ma perlomeno avrebbe ristabilito la vitalità della moglie. Invece eccolo qui, ad iniziare una giornata come le altre senza avere nemmeno il dono della novità che gli davano i suoi viaggi oltreoceano, ormai lontani nel suo passato.

Era solito fare la spola tra gli Stati Uniti e la Spagna per conto dello studio d'architettura per il quale lavorava, ma di quei viaggi a New York non erano rimasti che ricordi mai cancellati dalla sua nuova esistenza.

La vita a Getafe lo stava già risucchiando, la politica, gli interessi locali e le vicissitudini familiari stavano erodendo tutto il resto. Grazie alle conoscenze della madre, segretaria del locale partito socialista, non gli fu difficile vincere un concorso all'ufficio tecnico del Comune. Quei posti erano ad appannaggio delle diverse famiglie del paese in base alle militanze politiche, ed ormai il potere si tramandava secondo quel nepotismo ormai consueto. Sul momento aveva avuto un attimo di esitazione, lasciare i suoi viaggi di lavoro lo preoccupava, ma poi la condizione di Elena lo aveva portato ad accettare quel posto stabile, sicuro, con la convinzione che fosse la scelta migliore per il loro futuro. Ma quella convinzione era durata lo spazio di un mattino: Matias si ricredette velocemente sulla validità delle proprie scelte. La difficoltà del rapporto con Elena, sulla cui stabilità si interrogava solo adesso, aveva fatto scattare un campanello d'allarme. Sempre equilibrato, sempre un completo grigio su camicia bianca, cominciava a sospettare che il malessere di Elena trovasse origine in qualche sua mancanza. Le differenze tra loro, che un tempo costituivano motivo di complementarità, di colpo sembravano un muro che li divideva e li allontanava.

Al lavoro la situazione degenerò rapidamente: a causa degli attentati in Biscaglia tutte le regole sulle costruzioni erano state drasticamente riviste, nei piani urbanistici erano state inserite norme tanto desuete quanto complicate da applicare. Gli attacchi di ETA non si erano intensificati, ma la loro eco faceva sì che la lotta politica si concretizzasse in disposizioni legislative volte solo a recuperare consenso, più che a dare un contributo significativo alla lotta al terrorismo basco. Pur avendo letto qualcosa negli anni dell'Università, Matias non si era mai addentrato in quelle dinamiche che sottostavano alla politica spagnola. Ma da come poteva constatare, l'azione dei baschi riusciva ad avere conseguenze nel cuore pulsante del Regno. L'amministrazione nella quale si trovava era scalcinata da anni. Lo stesso partito governava ormai dalla morte di Franco, e la sussistenza degli equilibri di potere contava più di qualsiasi miglioramento del paese. L'Alcalde alternava le giornate in comune con quelle dedicate al relax, cui dedicava molto più tempo. La Giunta era sempre più in balia di personalismi e faide interne, e tutti gli incarichi erano assegnati non per merito ma per corrente di appartenenza. Matias cercava di tenersene fuori il più possibile, ma non poteva opporsi nei confronti di una gestione sempre più confusa. Alla quinta variante che dovette rivedere di sana pianta per il rischio di un attentato, Matias decise di staccare, depose i fogli in un cassetto della scrivania e uscì fuori. La tranquillità economica nella quale era sempre vissuto grazie alla famiglia, piccoli risparmiatori aiutati dal *boom* economico, aveva reso equilibrato il suo approccio al lavoro: un esecutore di compiti d'ufficio che non si affaticava mai troppo. Se viaggiare lo rendeva quanto meno curioso su come muoversi in un posto sconosciuto, quell'incarico al Comune di Getafe rese impossibile per lui anche solo pensare di superare i propri limiti. Prese il pacchetto di sigarette e si diresse al bar sottostante l'edificio del Comune.

Sentì il suo nome urlato da una voce maschile. Munain stava rientrando dalla solita giornata in redazione. Aveva una bella presenza, Munain, uno di quei giovani che si trovano a loro agio ovunque. Figlio di baschi da tante generazioni, aveva studiato giornalismo a Madrid, per poi avviare un'alternanza costante fra la terra natia e la capitale come corrispondente di Euskadi. Con Matias avevano legato subito dai tempi dell'Università, e adesso che Munain lavorava a Madrid non mancavano di prendersi una birra di tanto in tanto.

Tuttavia, nell'ultimo periodo Matias lo vedeva di rado, come se qualcosa impedisse all'amico di stare ancorato a terra e gli imponesse spostamenti non sempre voluti. Quella figura era sempre stata una variabile non chiara nella vita di Matias. A dirla tutta, Munain era il suo esatto opposto: Matias aveva un approccio alle cose stabile e sistematico, lui più curioso e pratico. Già dalla fanciullezza viveva con gioia esasperata le pause scolastiche, per lui momento d'evasione da quel mondo di regole e grembiuli. Lo spirito di avventura gli fece scegliere di studiare giornalismo, alternando qualche lavoretto saltuario come cameriere alla mensa degli studenti. Poi, a mano a mano, iniziò a scrivere pezzi di proprio pugno, finché un'emittente di Madrid gli dette fiducia e lo ingaggiò per riportare le vicende che si consumavano nei Paesi Baschi.

Ordinarono un bicchiere di Vermouth con una punta di limone, prendendo congedo da quella giornata di lavoro.

Munain si mostrò alquanto preoccupato per le parole di Matias sullo stato di Elena. La cosa piuttosto bizzarra era saperla in salute, poiché non aveva sintomi evidenti di malessere, ma il perdurare in quello strano sonno non poteva lasciarlo tranquillo.

Munain esplorò tutte le possibili soluzioni favorevoli in merito a quel racconto, indicò quelli che secondo lui avrebbero potuto essere gli scenari che maggiormente potevano tranquillizzarlo.

"Vedrai che starà bene vecchio mio, avrà avuto un colpo di sonno pesante, sarebbe pure credibile dopo la giornata che ha passato. Poi quando starà meglio me la presenti, dalle tue parole si direbbe una persona speciale!"

Cercò in breve di distrarlo, come solo lui sapeva fare, e poco dopo Matias credette alla sincerità delle sue parole, nonostante lo trovasse distratto: per quanto Munain fosse convincente, Matias leggeva nell'amico una punta di tristezza, quasi che un peso lo gravasse. Si domandava cosa fosse che non andava, cosa rendeva l'amico diverso rispetto al solito.

Cosa era accaduto?

C'era una donna probabilmente. Non una delle solite donne con cui si frequentava, una che lo coinvolgeva in maniera diversa.

Non volle indagare subito sulla questione, decisero di ordinare un altro giro di birre e continuarono a chiacchierare.

IX

Una lingua sconosciuta. Un ometto vestito di stracci gli sorrise, facendogli l'occhiolino. Un diorama che riproduceva mille colori, e le percezioni non si allineavano affatto alla sua volontà. Buttò giù l'ennesima birra, di una marca che non conosceva. Aveva i sensi alterati, Matias si interrogava sull'intervallo di tempo appena trascorso e su come fosse potuto diventare tutto buio così d'improvviso.

L'osteria si stava svuotando, nel cielo una luna pallida mista a un gruppo di nubi distese. Erano passate diverse ore e svariati giri di birra da quando si erano incontrati con Munain. Si erano lasciati andare a lunghe digressioni sull'attualità, sui problemi irrisolvibili che l'universo femminile poneva loro, e avevano deciso di abbandonarsi all'ondeggiare leggero di una sbronza di inizio estate. La luna proiettava le ombre dei due amici mentre Matias si trascinava a passi lenti, e Munain, che il mattino dopo aveva il treno per tornare in Euskadi, si accomodò in un hotel di second'ordine poco lontano dalla stazione.

Quando Matias si svegliò il sole era già alto. Nel suo attico nel centro di Getafe i raggi del sole arrivavano sempre per primi, e se le tapparelle non fossero state chiuse quei lampi avrebbero potuto accecarlo.

Mise sul fuoco la moka, ancora alticcio e, senza grandi sorprese, vide il profilo di Elena beatamente rilassato sopra il suo cuscino. Dormiva senza sosta da giorni.

Sono sempre stato in casa? Forse si sarà svegliata quando ero via?

La stanza era sottosopra, l'assenza del tocco femminile di Elena aveva già prodotto i suoi effetti: calze e magliette popolavano l'ambiente in modo disordinato, assieme a lunghe pile di giornali affastellati alla rinfusa.

Si mosse silenzioso. Nel sogno, dal quale era stato appena trascinato via, c'era una bambina che distribuiva pezzi di torta per il suo compleanno. Matias, per ringraziarla, aveva tentato di darle un innocuo bacio sul viso, ma proprio mentre compiva quel gesto semplice, il suo pezzetto di torta era scivolato per terra, fra le risa generali della folla di infanti.

La moka borbottava, e il pensiero di quel sogno svanì lesto. Elena dormiva ancora. Non aveva deciso quando avrebbe riaperto i suoi occhi castani, profondi e luminosi, e continuava a prolungare all'infinito quella continua, meravigliosa alternanza tra il sonno e il dormiveglia, come su un'altalena dalla quale non si vorrebbe mai scendere. Mentre afferrava quella zuccheriera panciuta, Matias si rese conto che non sapeva più cosa pensare. Dal giorno del funerale del fratello, Elena aveva passato più tempo a dormire che in veglia. Se adesso ci pensava bene, non ricordava l'ultimo momento in cui l'aveva vista sveglia. Non sapeva cosa fare, ma di quella indecisione si faceva forte per continuare a rimandare la propria mossa.

Non mangiò nulla, l'immagine della torta gli tornava ancora davanti agli occhi e lo invitava a non compiere altri gesti azzardati. Mandò giù quel caffè e sistemò i bottoni neri sulla camicia bianca.

Solo uscendo rivolse una timida occhiata alla moglie. *Magari sentirò un medico*, pensò, *Carlos avrà sicuramente agganci all'Ospedale.*

Uscì, chiamando l'ascensore e fingendo di iniziare un giorno come un altro.

Per un attimo, Elena percepì il silenzio generato dall'assenza di Matias e se ne beò, percependo la sua essenza perfettamente accolta in quello spazio ora enorme. Si avvolse nelle coperte e sprofondò in un sonno ancora più pesante. L'attimo della veglia doveva ancora attendere.

X

Valencia, giugno 1983

Si dettero un bacio sul portone di casa. Fuori aveva iniziato a piovere, Felipe tirò la sua felpa bianca sopra la testa e si avventurò verso la città. Era pomeriggio inoltrato, e le loro strade si dividevano dopo un fine settimana sotto lo stesso tetto. Lo vide evaporare, quel profilo virile bagnato dalla pioggia, e dentro di sé Maria non poté fare a meno di compiacersi del buon gusto che aveva quando si trattava di scegliersi un amante.

Erano anni che Maria non ripensava alla sua gioventù ma, alla luce degli eventi di quegli ultimi giorni, i ricordi le riaffioravano alla mente con malinconica intensità. Dal mondo sfocato dell'inconscio, alcune immagini prendevano forma e consistenza piano piano. Come una lampada a olio che proiettava ombre mentre faceva luce solo intorno a sé, come le mani di uno scultore che minuziosamente si concentrava per dare vita a singole parti di pietra. Da quella foschia che avvolgeva la memoria si iniziavano a distinguere dapprima i contorni, poi la sagoma di una figura. Sempre più definita, messa a fuoco con delicatezza dai ricordi. Con pazienza si intravedevano stivali neri, una sciarpa color mogano, guanti sottili. Non aveva ancora quell'espressione di femminilità maliziosa ma a quell'epoca Maria, con i suoi occhi penetranti e la sicurezza di chi può solo vincere, si sentiva padrona del mondo.

Chiuse gli occhi ed era sempre lì.

Una donna, viva e presente al centro della scena, era tagliata in due: metà alla luce, metà all'ombra. Guardava al cielo, mentre intorno a lei il mondo pareva una bolla che la escludeva e che la trasportava fuori dal tempo, fuori dalla storia. Antigone, divisa fra la legge pubblica e quella privata, uscì dall'ombra per esporsi in piena luce. L'atto finale si chiuse con Antigone che piangeva, al centro della scena, fra l'emozione che saliva negli spettatori e gli applausi che stavano per scrosciare.

Il sipario calò. Antigone lasciò Maria, forse per un istante o forse per sempre. Smise di piangere, e realizzò che quelli erano gli attimi più emozionanti della serata. Tutti i compagni la salutarono festanti; la giovane Maria aveva interpretato per l'ennesima volta Antigone, come davvero in pochi teatri della Spagna si poteva apprezzare. Un saluto caloroso al pubblico: un'ovazione, poi un'altra e un'altra ancora. Gli applausi più scroscianti erano sempre per lei, per quella ragazza venuta dalla periferia di Valencia, le cui movenze avevano davvero qualcosa di speciale.

Bussarono al camerino, con veemente insistenza. Lei si alzò, sbuffando: per la terza volta Maria dovette rimandare l'operazione di struccamento per aprire la porta. La cipria cadde a terra silenziosa, mentre lo specchio ingrandito rifletteva l'esile corpo di Maria che si apprestava ad aprire. I *backstage* di tutti i teatri sono una nuvola di personaggi e aneddoti che alimentano i sogni e le fantasie degli spettatori. Ma a spettacolo finito, la magia dell'opera si dissolve in un'aria festosa, in schiamazzi, in un leggero mal di testa da post-esame.

Altri fiori, questa volta dall'assessore alla Cultura. Un fascio di rose faceva da corona a un'orchidea al centro. Ringraziò il facchino, regalandogli una manciata di *pesetas*, e con quel mazzo di fiori in mano richiuse la porta con il gomito. Maria era ormai abituata a ricevere attenzioni del genere. I fiori appena ricevuti andavano ad accrescere un colorito reggimento, in quella stanzetta che ormai faticava a contenerli tutti. Regalati da qualche amante, donati da semplici ammiratori, inviati da persone care. Tante lettere di spasimanti, testimonianze di amore folle, inviti a serate di gala che Maria si gustava nella sua posizione di femminilità vincente. C'era pure una lettera a firma di Francisco Franco, conservata gelosamente, con cura, anche se aveva sempre dubitato della sua autenticità.

La chiamarono ancora dall'esterno, ma questa volta Maria girò le spalle, ignorando quei richiami. Un colpo di mano, deciso. La finestra era aperta. L'aria notturna penetrava in quelle piccole quattro mura, e i fiori potevano finalmente respirare. Finalmente era sola, finalmente gettava tutte le maschere e si guardava nello specchio della notte. Si assomigliavano Maria e Antigone, nascoste dalle luci, dai riflettori, sole per qualche ora al giorno.

Batterono undici colpi di campana. Maria si affacciò alla finestra accendendosi una lunga sigaretta bianca, lunga come le sue ambizioni, in fiamme come la sua anima. Aveva ancora indosso una parte del trucco, ed era seminuda, le continue interruzioni l'avevano spinta a prendersi una pausa. Grandi sospiri bianchi si disperdevano nella fresca notte di Saragozza. I muri bianchi e blu parvero animarsi e vivere di quella brezza che solleticava la notte.

Le luci calme sembravano riflettere il chiarore delle stelle mentre la folla in uscita dal teatro si disperdeva in un brusio di vita, di festa. Gli occhi di Maria si diressero nello spazio fra il fumo della sigaretta e la vivacità delle luci, insofferenti all'imperativo di fermarsi su un punto fisso.

Non poteva attardarsi, l'indomani sarebbe ripartita presto, direzione Catalogna, per un altro *tour* di spettacoli in giro per tutta la Regione. Tirò l'ultima boccata di sigaretta, non prima di aver salutato quella notte così invitante.

Era il marzo del 1955. Franco era all'apice del suo dominio, ETA non era ancora nata e Maria era una delle attrici più promettenti del Regno di Spagna.

XI

Nei fugaci contorni di un tramonto anche lo sguardo di Maria pareva avere meno segreti, distratto continuamente dalle onde che si infrangevano su quel lungomare.

Una distesa di sabbia infinita, una bambina in riva al mare teneva a fatica il suo aquilone in quella giornata dal vento sferzante, mentre onde rissose si alimentavano nelle vicinanze del molo. La madre, impaurita oltremodo che quel vento potesse portar via anche la piccola, la invitava ad abbandonare i suoi sogni sulla spiaggia e a riprendere la strada di casa. Non era più tempo per liberare in cielo i propri pensieri, almeno per quel giorno.

La compagnia teatrale si era fermata lì, in quella San Sebastian dalla cui baia prendeva vita il Golfo di Biscaglia. Maria era in piedi vicina al molo. Un lungo vestito rosso, scarponcini neri, si intravedono gli avambracci e la parte inferiore delle gambe. Salendo con lo sguardo, un *foulard* a scacchi colorati le incorniciava il volto. Gli occhi erano nascosti da un paio di occhiali dalle lenti viola, e un rosso mattone le copriva le labbra.

La sigaretta, finissima, era onnipresente nel suo quadro in ogni sua rappresentazione.

A dire il vero, oltre al teatro, c'era altro che tratteneva Maria a quelle latitudini. Lo spettacolo era terminato la sera precedente, il sabato, e la carovana sarebbe ripartita solo lunedì, cosicché quella domenica era totalmente libera per la giovane Maria Fernandez.

Maria aveva sempre avuto l'abitudine di arrivare in anticipo agli appuntamenti. Si ripeteva i motivi della sua essenza, leggeva i consigli che la brezza marina poteva offrirle, scrutava l'orizzonte, gremito a intermittenza da nubi di uccelli migratori. Maria riproduceva nel mondo reale quello che viveva nel suo palcoscenico come attrice; un po' tutti viviamo come un teatro la vita, assumendo ruoli e recitando parti. Ma Maria era l'artista a tutto tondo, colei che non abbandonava mai il trasporto emotivo che la contraddistingueva in scena, nemmeno nella vita privata. Così facendo, a differenza di tutti gli altri, recitava sempre, nella vita o sul palco, con piena consapevolezza, scegliendo solo le parti che le calzavano a pennello, che sentiva veramente sue.

La baia della Concha riproduceva perfettamente la struttura di un teatro moderno, e le poche persone che transitavano in quelle giornate autunnali rinforzavano quel senso di irrealtà. Vigorose folate di vento avevano spazzato via gli ultimi turisti da quel fazzoletto di terra, e pochi locali si avventuravano in passeggiate solitarie da un capo all'altro della baia. Un giornale diffondeva notizie di cronaca miste a quelle di politica internazionale. Un corso di francese a metà prezzo, il nuovo *best-seller* in anteprima mondiale, l'apertura degli Stati Uniti alla dittatura Franchista. Il sole si oscurò, gli uccelli lo attraversarono: un lungo tiro di sigaretta e il fumo, sparso in sinuose volute, sovrastò il *foulard* multicolore.

Non si era accorta che una figura le si era avvicinata, con passo lento, quasi indifferente. Accennò un sorriso, ma quel volto nascondeva qualcosa di diabolico.

Era lo sguardo del suo amante, Carlos, all'epoca un ragazzo dallo sguardo deciso ed i modi gentili, in piena ascesa politica in quella Spagna franchista, che in quei mesi le fece promesse che lui per primo sapeva che non avrebbe mantenuto.

Carlos, con il passo di chi proveniva da un altro pianeta, dopo averla corteggiata, avrebbe dato a Maria tre figli, prima di lasciarla.

Era la primavera di un tempo passato, nella quale Maria Fernandez, si sentiva davvero onnipotente.

Fu l'unica volta che Maria si innamorò in vita sua. Una distrazione che le sarebbe stata fatale.

XII

Se pur fu evidente a entrambi fin dal principio che la loro relazione non era destinata a durare a lungo, i problemi tra Carlos e Maria non nacquero subito, anche se le conseguenze di quell'incontro ebbero un impatto immediato nella vita di lei, molto più che in quella di lui.

I figli furono sicuramente un motivo per insistere a stare insieme nonostante le incompatibilità e questo, insieme al voler salvare le apparenze in una Spagna lontana dalla modernità, fece sì che la loro unione si protraesse più di quanto entrambi avrebbero voluto sopportare.

Sebbene la carriera di Maria fosse già stata messa a dura prova dalla relazione stessa, dall'essere moglie e mamma, al momento del divorzio dovette rinunciarvi completamente. Nessuna compagnia teatrale avrebbe voluto più al suo interno una donna divorziata, per di più con tre bambini da crescere e accudire. Ma Maria non si dette per vinta, strinse fra le mani quella terra che aveva davanti e promise a sé stessa che si sarebbe rialzata.

Quando partorì Clara, Carlos si era già separato da lei, troppo preso dalle sue cose e dai suoi ambiziosi progetti; per evitare ripercussioni sulla sua vita politica cercò di acquietare la ormai ex moglie lasciandole la villa fuori Valencia e un cospicuo assegno mensile per il mantenimento dei tre figli. A queste condizioni, un minimo risarcimento per aver visto mandati in fumo anni di passione per la recitazione, Maria si tranquillizzò, consapevole che non avrebbe potuto ottenere di più.

I primi anni furono dedicati completamente a crescere i figli. Si trovò dall'avere centinaia di uomini che la desideravano ogni sera a tre bocche urlanti che reclamavano ognuna una cosa diversa; fu come scendere all'inferno.

Elena aveva già qualche anno e la sua indole tranquilla non dava troppi problemi alla madre. Già da piccola obbediva ai dettami di Maria; ogni domenica alla messa, la sera a letto presto. Venne su come una piantina alla quale si applica un sostegno robusto, forse non in grado di volare con ali proprie, ma ben salda ad alcuni principi e alle cose che la inquadravano nel Mondo. Con lei Maria non ebbe grattacapi: ai disagi adolescenziali seguì un'indole pacifica, chiusa nella sua sconfinata passione per i viaggi, il cinema e la fede. Anche Ricardo non fu motivo di particolari ansie, lui da figlio maschio era di più facile gestione, essendo inesistente quella rivalità propria del rapporto madre figlia. Nei fine settimana, poi, Ricardo andava spesso a trovare il padre nel suo ufficio a Madrid, rendendo la sua presenza a casa delle sorelle quasi di passaggio.

I problemi si ebbero con la terzogenita, nata nel momento di massima tensione con l'ex marito. Clara, già da piccola, mostrava un particolare insolito, che condizionò Maria per sempre. La osservò crescere, speranzosa che quel tratto somatico sarebbe scomparso col passare degli anni, che fosse solo una sua supposizione, una paura infondata, un'inutile malignità. Ma gli anni passarono, e quel tratto invece di smussarsi, si accentuò: Clara aveva lo stesso naso del padre. Identico. E questo fu per lei una condanna.

Tutte le volte che si rivolgeva a Clara, Maria vedeva davanti a sé il profilo di Carlos, quella linea appuntita con una leggera gobba a metà strada fra l'estremità e gli occhi. Se in cuor suo l'amava, una parte di Maria a volte non si sentiva madre per la figlia minore. Con lei era severa e puntigliosa, quasi volesse farle pagare una colpa della quale Clara non capiva l'origine, e questo inasprì il loro rapporto inesorabilmente.

Elena, pur di assecondare la madre, si iscrisse pure al circolo di Alianza Popular, ben felice di non appesantire l'equilibrio di quel nucleo familiare già frammentato: prese quella tessera, se la mise in tasca e non protestò. Allo stesso modo Ricardo, per seguire le orme paterne, seguì la sua scia politica, giurando fedeltà alla Spagna cristiana e conservatrice che sognavano. Non fu un caso che le cose andarono ben diversamente con Clara che, un po' per ribellione, un po' per indole, di quella tessera azzurra non volle saperne nulla: si iscrisse giovanissima al circolo del Partito Comunista, e ogni fine settimana scendeva in piazza contro quei valori che la famiglia le voleva imporre, lanciando sassi contro i cortei della polizia e finendo più di una volta in cella per qualche notte.

Verso Ricardo, Maria provava un sentimento che una madre raramente ha verso la prole: l'indifferenza. Si era convinta dell'ineluttabilità di quel fato: aver provato amore una volta nella vita verso il mondo maschile le era bastato per rimanere scottata, così decise che non avrebbe più corso quel rischio. Lo stesso atteggiamento di Ricardo, l'unico membro della famiglia che coltivasse ancora un buon rapporto con il padre, rese quella lontananza quasi inevitabile. Si trasferì a Madrid per studiare, prima, in Biscaglia, poi, per lavoro, rendendo non sono saltuari, ma quasi irrealizzabili gli incontri con la madre.

Quando anche Clara ed Elena se ne andarono di casa, Maria si ritrovò sola. Respirò profondamente, e per un attimo realizzò il significato della parola solitudine. Era di nuovo libera, come venticinque anni prima. Ma il suo corpo era cambiato, non poteva più tornare sulla scena, e i tanti legami che aveva all'epoca in quel mondo erano pian piano vaporizzati. La polvere, che fino a quel momento aveva riguardato solo una parte della casa, avvolse pure le stanze che erano state delle figlie qualche anno prima.

Non si dette per vinta: riprese in mano la licenza che aveva ottenuto da infermiera all'Università e, sempre ricattando Carlos, si fece trovare un posto come aiuto ferrista all'Ospedale di Valencia, per darsi una dignità, per continuare a vivere e non pensare a ciò che aveva perso lungo la strada.

Trovato Felipe, un compagno molto più giovane di lei, decise che non avrebbe smesso di fare della sua vita un'opera d'arte.

XIV

Una mattina di giugno, la notte aveva lasciato traccia nella rugiada sopra le foglie verdi, e già il sole prendeva spazio nel cielo in maniera prepotente. Maria aveva appena terminato il consueto turno all'ospedale, e si incamminò lungo il breve percorso pedonale che congiungeva la struttura alla stazione ferroviaria poco lontano. Quel policlinico era la classica cattedrale nel deserto. La zona vicino Valencia scontava seri problemi di desertificazione, e il risultato era stato che una serie di infrastrutture fossero lasciate isolate nel mezzo di una calura perpetua. Un fusto in mezzo a un campo, un predicatore nel deserto. Se la si osservava dal basso la struttura riproduceva un gusto severo ed ordinato, mosso dall'intento unificatore di vari stili architettonici su tutto il regno. Ma la crisi negli ultimi anni aveva ridotto l'imponenza di un tempo a un involucro per un contenuto spento e ormai senza importanza.

Maria camminava distrattamente e non prestava troppa attenzione ai suoi pensieri, ripensava alla gloria, al fasto architettonico di un tempo e all'attuale decadenza della forma, rievocava la sua gloria e la vita piena passata. Si sentiva come la Spagna: le avevano imposto dei cambiamenti, per essere migliore, per abbracciare il futuro e gli ideali nuovi, il sentirsi completi in maniera altruistica, ma come quella epica terra lei rimpiangeva i tempi in cui tutto era ancora possibile e si poteva essere eroi senza dover scendere a compromessi. Si riaccese in cuor suo il ricordo di lei attrice, dei fiori che non sapeva più dove mettere, degli spasimanti, della lettera di Franco.

Il treno era giunto in stazione: un vecchio convoglio pieno di polvere e studenti. Maria osservò il flusso di mani e braccia che si accalcavano per entrarci. Dai suoi occhiali neri li scrutava, poneva fra sé e loro una barriera concettuale oltre che fisica. Terminò lentamente l'ultima sigaretta, e non appena il capotreno riempì di fiato il suo fischietto, Maria era sistemata al suo posto. Quella lettera. Non aveva mai scavato fino in fondo l'origine di quella missiva che quasi vent'anni prima le era stata recapitata nel suo camerino. C'era la firma del Generalissimo, e inizialmente, prese quella trovata come lo scherzo di qualche amico, di qualcuno degli uomini che le facevano la corte per vedere se sarebbe caduta nel tranello. Ma, nonostante la reticenza sulla sua autenticità, aveva conservato quel pezzo di carta e negli anni ripensava spesso alla possibile origine. In fondo era veramente un'attrice straordinaria e in tempi come quelli era plausibile che un capo di stato omaggiasse una giovane stella del teatro in ascesa. *Chissà.*

Di colpo tutto era svanito e ora, era fortunata ad essere entrata a lavorare in Ospedale. Era l'unica via che gli era rimasta, l'unica altra competenza che aveva maturato negli anni della gioventù. Con le pressioni politiche dell'ex marito, aveva vinto il concorso per quel posto da infermiera, e da allora si era condannata a fare da pendolare tra il lavoro e gli obblighi quotidiani.

Il teatro rimase un margine a cui si aggrappava malinconicamente, limitandosi a sporadiche apparizioni fra amici, in qualche sala da ballo, per qualche evento della collettività. Amava esibirsi solo quando si sentiva totalmente padrona della sua vita, e avendo subito cambiamenti importanti nella sua esistenza, tutte le sue certezze si erano mano a mano incrinate.

Quella mattina era visibilmente rallentata nelle sue movenze; aveva avuto una nottata tranquilla, non c'erano state urgenze in quella settimana, e quella sensazione di *routine* le permetteva di riflettere su sé stessa e sulla sua interiorità.

Il paesaggio scorreva con le stesse istantanee che Maria conosceva ormai da una vita, da quando aveva memoria: il lungo filare di alberi per arrivare fino alla villa di Montse, l'Abbazia in rovina in cima alla collina, il pascolo di pecore onnipresente in tutti quegli spostamenti ferroviari. Il capotreno, con il suo discreto fascino mediterraneo, la distrasse per un attimo dal suo flusso di pensieri, poi tornò, dopo un attimo, a riconnettersi al passato. Memoria. Maria aveva iniziato a riempire questo termine di significato solo negli ultimi tempi, dopo che era stato dimenticato nel suo dizionario per decenni. La facoltà di ricordare di Maria, seppur frammentata in blocchi temporali ampi, con il passare del tempo si raffinava sempre più, facendole affiorare alla mente i suoi più intensi trascorsi. Univa tanti piccoli tasselli utili a riempire un dipinto fino ad allora nella penombra. Rammentava quando faceva l'amore con Julio, il suo primo vero amante, l'ebrezza dei primi spettacoli a cui prendeva parte, le ore intere passate a scegliere il vestito da indossare per un appuntamento imminente. Le tornò alla mente la volta in cui, a Siviglia, spese una fortuna per un vestito per la Semana Santa e finì fradicia di birra e *Salmorejo* per colpa del suo sbadato accompagnatore dell'epoca.

In una stazione di passaggio sfilava una lunga fiumana di gente, vestita di rosso, e cartelli bianchi con scritte nere. Una di quelle manifestazioni operaie dove si fumava erba e si chiedeva di lavorare meno e guadagnare di più. Per quanto la maggior parte della popolazione fosse contraria alla sua posizione, Maria si era trovata benissimo nel mondo prima del 1975. Ricordò quando Clara era tornata a casa una sera di aprile dopo che era scomparsa misteriosamente per due giorni. Era preoccupatissima, obbligò Carlos a scomodare mari e monti nella guardia civil, per sapere cosa le fosse successo. Poi, d'improvviso, Clara rientrò: era stata alla manifestazione per la legalizzazione della cannabis ed aveva allungato la sua permanenza fuori casa fermandosi in un centro autogestito da collettivi studenteschi. Fu allora che dalla mano di Maria partì l'ennesimo schiaffo, che avrebbe abbattuto un elefante. Maria, la conservatrice, si ritrovava in casa una figlia il cui scopo era sovvertire ogni regola: una condanna!

Se glielo avessero chiesto sottovoce, in quel momento, avrebbe ammesso che rimpiangeva tutto del Franchismo: la vita, i colori, le tonalità. Maria non rimpiangeva il Franchismo per Franco, lo rimpiangeva perché le ricordava l'età più splendente della sua esistenza.

Maria Fernandez era una di quelle donne che aveva vissuto decine di vite, ma di tutte, solo una era quella in cui si era sentita felice.

Se da ragazza scandiva la sua vita nel binomio costrizione/piacere, noia/divertimento, per la maturità non avrebbe trovato categorie precise, oggettivabili. Lo spartito della vita di Maria era incompleto. Di fianco all'abuso di alcune note, la maggior parte delle altre non trovava adeguato utilizzo. Come una chitarra cui manca una corda, come una voce cui manca un tono.

Ma scorrendo tra i ricordi a volte ci si ferma anche su quelli più recenti. Aveva ancora impresse le immagini del funerale, ormai passate da diversi mesi. Pensò a quanto fosse cambiata Clara, non aveva fatto a meno di calcolare le sue forme, di rubare per quel poco che poteva le sue movenze. Maria stava scoprendo una Clara che le assomigliava più di quanto non sapesse. La differenza fisica si era annullata nel tempo, e i caratteri erano stati sempre in contrasto proprio perché uguali. Maria e Clara erano due regine senza regno, intente a tentare di prevalere una sull'altra.

Come in ogni viaggio, la sua mente correva veloce, ma non tanto quanto il regionale nel quale si trovava. Là, in lontananza, si stagliava il profilo del castello di Sagunto, il segnale che la prossima fermata era la sua.

Scese dalla carrozza agilmente, mentre il convoglio, un regionale a lunga percorrenza, sarebbe arrivato sino in Catalogna di lì a poche ore.

Non fece in tempo a scendere i gradini del treno che il tempo si fermò, e tutta la sua attenzione si focalizzò sul volto di un uomo.

XV

Dove ha già visto quel viso?

Maria non fece in tempo a rendere concreto quel dubbio che la figura era già svanita. Una scintilla nella sua mente, un ricordo che stava affiorando, ma quel via vai di gente le impedì di focalizzare quel pensiero.

La stazione era più affollata del solito, c'era un gran baccano. Maria scartò il pacchetto di sigarette, strinse l'involucro di plastica nel palmo, poi lo gettò. Un avventuriero cercò di sfruttare l'occasione parandosi davanti a lei con un accendino. Maria gli sorrise, mise davanti alla fiamma una mano per evitare che si estinguesse. Un bel cappotto blu, un profilo esile ma composto. *Chissà che lavoro fa, quasi quasi glielo chiedo.* Ma non dette seguito ai suoi pensieri, poiché in quell'istante le venne in mente la scena, affiorò chiara dalla nebbia dei ricordi.

Trent'anni prima, San Sebastian: un ragazzo di mezza altezza, spalle larghe e ciglia folte. Nella sua mente si materializzò il corriere basco della compagnia teatrale presso la quale lavorava, all'epoca era un ragazzo, giovane come era lei. *Era lui, il signore appena sceso dal treno!* Lo aveva riconosciuto a distanza di così tanto tempo, gli occhi incavati, il passo svelto, quella fisionomia marcata, i capelli più corti e lo sguardo più stanco, ma era sicura, non poteva sbagliarsi sul suo profilo.

Era lo stesso che le aveva consegnato quella lettera, quel pezzo di carta in cui un capo di governo le faceva i complimenti per come recitava e le apriva idealmente le porte della sua villa.

Scansò velocemente la mano dell'avventuriero che, ignaro dei motivi della donna, la vide disperdersi dentro la stazione. Maria scattò: voleva raggiungere quell'uomo e parlargli, per il desiderio irrazionale di trovare in lui un testimone del successo che aveva vissuto decenni prima. Lui, che le recapitava in camera i fiori provenienti da ogni parte della Spagna, lui che le consegnò quella lettera firmata Francisco Franco.

Maria corse in modo sbadato, non prestando attenzione al suo passo, urtando altri passanti. Un paio di persone la guardarono con preoccupazione, altre scuotendo la testa. Quando fu nella sala d'attesa lo riconobbe, l'uomo si era fermato davanti all'edicola e stava raccogliendo il resto di un quotidiano appena acquistato. Lo afferrò saldamente per un braccio. L'uomo trasalì, il giornale gli scivolò di mano e Maria, persa ogni compostezza, esordì: *"Pablo! La trovo bene!"* con un respiro fra l'affannato ed il gioviale, *"è lei che lavorava alla compagnia teatrale Reina Margherita negli anni '50, vero? Si ricorda di me eh? Maria Fernandez? Antigone, se lo ricorda quanto interpretavo Antigone, vero? Oh ero sicura di averla riconosciuta in treno!"*

L'uomo la guardò sorpreso, allontanò cortesemente la presa di quella mano femminile, e con un sorriso maturo le rispose.

"*Signora, mi scusi*", mentre raccoglieva quella copia de El Pais da terra, "*penso che abbia preso un granchio: non ho mai avuto a che fare col mondo del teatro*" e alzando le braccia sentenziò "*non so chi lei sia, Signora*".

Si era sbagliata, aveva fatto confusione con le migliaia di volti che aveva passato nella sua vita. Quell'uomo altro non era che una maschera che aveva fatto indossare a uno sconosciuto, l'auspicata reificazione della testimonianza della sua passata vita di successo. Strinse il pacchetto di sigarette che aveva in tasca, tritandone il contenuto in maniera disordinata, quasi fossero state loro le colpevoli della sua svista e dei suoi sogni infranti. Si sentì tremendamente stupida, una fitta di vergogna le montò al petto, tradita da un'espressione pietrificata. Ebbe una lieve vertigine, che quello scoppio di emozione le aveva dato in un tempo così breve. Si rimise gli occhiali, sistemò i capelli e finse indifferenza.

Vide il signore imboccare l'uscita dell'edificio grande e imponente sotto la cui volta migliaia di persone transitavano ogni giorno. Poi abbassò lo sguardo e vide la cassetta rossa dove la gente lasciava messaggi anonimi con i destinatari più improbabili.

Di colpo, di nuovo il pensiero a quella lettera.

XVI

Uscirono tardi per andare a cena, quasi a voler dare l'impressione che le loro giornate fossero talmente piene che non si erano liberati dagli impegni sino a sera inoltrata. Le strade di Valencia erano piene di gente indaffarata in quei giorni ed un ribollire di persone affollava le vie del centro. Quella settimana era giunto un freddo insolito da Nord e i passanti avevano dovuto tirar fuori dall'armadio sciarpe e cappotti per ripararsi.

Avevano prenotato in quel ristorante del centro tra i più rinomati di tutta Valencia.

I camerieri camminavano impettiti, e le loro movenze impeccabili erano rispettose del rigore richiesto dal luogo. Un violino leggero diffondeva nell'aria una musica delicata, alternandosi al brusio di sottofondo dei presenti. Da quando le figlie se n'erano andate di casa, l'assegno mensile per il sostentamento teneva abbondantemente a galla Maria, tanto da potersi permettere diversi lussi. Se aggiungiamo che aveva pure un lavoro, il denaro era davvero l'ultimo dei suoi grattacapi.

"Piuttosto dimmi, come stanno le tue figlie?"

Felipe era un bel ragazzo, dalla carnagione olivastra e con i capelli ricci che gli toccavano le spalle. Aveva una dozzina d'anni meno di Maria, ma la sua propensione per le donne adulte lo aveva condotto nelle braccia di lei ormai da qualche tempo. In realtà, il loro rapporto era molto aperto, e ciò che si offrivano a vicenda era il principio antico di sentirsi meno soli con qualcuno al proprio fianco.

Non si era mai avventurato nei meandri della vita personale di Maria, ma quella sera si sentì in dovere di chiedere che fine avessero fatto quelle due figlie che aveva visto giusto una volta in vita sua. Ricordava solo il viso rosso di Clara, appena solcato da un ceffone materno, ed i tic di Elena il giorno del funerale del loro fratello sotto il sole di Xativa.

"Fanno la loro vita, ho smesso di farle pesare sulla mia mente". Prese in mano un cucchiaio, fingendo di giocherellarci, *"Elena ha un bel marito, Clara ha tanti amanti. Di più, non saprei dirti",* tradendo un sorriso amaro.

Felipe la osservò con un sorriso di circostanza, cosciente che quella tematica andava lasciata nella soffitta della mente di Maria: indugiare poteva portare solo guai.

Quindi la discussione scivolò via, come del resto la maggior parte delle cose che si dissero quella sera. Ma quando fu sul punto di mettere lo scontrino in tasca, Maria realizzò una triste coincidenza.

Era l'anniversario della morte di Ricardo, e dell'ultima volta che aveva visto entrambe le figlie, e le cose erano andate come non avrebbero dovuto.

Si avviò a casa, a piedi, accanto al suo compagno, ma in realtà in compagnia di quell'unico pensiero che non riusciva ad abbandonare nemmeno per un attimo. Un anno, continuava a ripetersi, quasi che il tempo le fosse sfuggito dalle mani come sabbia, quasi che la sua stessa esistenza filasse su binari dei quali aveva perso il controllo.

Felipe non era uno sprovveduto, e le donne sapeva capirle bene. Intuì che quella sera si era giocato male ogni singola carta, che aveva fatto fallire il divertimento di una serata intera. Non riuscì ad intuire con precisione dove il suo piano avesse fatto cilecca, ma ormai era troppo tardi. Quando furono a casa, le dette un bacio sulla fronte e ognuno si voltò dalla propria parte, a rimuginare sulla propria esistenza.

XVII

Madrid, luglio 1982

Giunse a Madrid sul fare della sera.

Il diretto che aveva preso da Valencia aveva accumulato una mezz'ora di ritardo, quel tanto per essere all'appuntamento non in orario e farsi desiderare un po'.

Si era portata una piccola valigia bianca colorata da pallini viola che attirava l'attenzione di tutti i passeggeri, e sottobraccio libri di autori francesi per rendersi intrigante. Sfogliava quelle poesie di Rimbaud per darsi un'aria intellettuale e per non lasciare lo sguardo in balia degli occhi altrui: ma a momenti lo muoveva repentino, dalle pagine all'ambiente intorno, per controllare, maliziosa, se qualcuno le stesse osservando le gambe.

Scese dal vagone, non curante di due giovanotti che per poco non fecero a botte pur di aiutarla con la valigia, lasciandosi alle spalle la stazione e prendendo la via del centro. Mentre camminava, le luci della città la accompagnavano lungo gli ampi viali della capitale. Non era la prima volta che visitava Madrid, e quelle sculture alte e sicure non la lasciavano mai indifferente, instillando nel suo cuore ribelle un pizzico di malinconia.

L'*hotel* in cui si erano dati appuntamento era proprio dietro alla Fontana di Nettuno, una struttura datata ma dal fascino indiscutibile. Da quell'altezza si poteva scrutare il profilo intero della città, che andava dalla zona universitaria sino all'immenso Parco del Buen Retiro, che si perdeva alle sue spalle.

La loro storia era iniziata con uno sguardo. Il semplice gesto di osservarsi racchiude in sé tutta l'essenza di un incontro. Clara si girò di scatto, e sbadatamente urtò contro Munain. Lo fece intenzionalmente, per attaccare bottone con quel giovane che reagì imbarazzato ma subito speranzoso di trasformare quel *qui pro quo* in un pretesto per conoscere meglio quella ragazza.

In ogni storia d'amore, lo sguardo arricchisce e completa i due amanti, li mette subito in relazione, ed è la prima prova per testare la possibile unione di due anime. In ogni storia d'amore, a dire il vero, gli sguardi, giocano un ruolo più importante di quanto si possa credere.

Clara, con la sua maliziosa determinazione, lo aveva invitato a prendere un caffè, aveva capito che poteva spingersi oltre: quel giovane era senza difese e si lasciò prendere da quel gioco di seduzione senza opporre nemmeno una finta resistenza. Munain le aveva risposto fiducioso intuendo che quel caffè poteva essere il primo di una lunga serie.

Chissà dove vive Elena, si domandò dall'alto di quell'*hotel* che dominava tutta Madrid, *in quale quartiere, in quale edificio. Se solo avessi avuto un po' più d'attenzione verso di lei, adesso sarei pure passata a trovarla.* Aveva ancora in mente il suo profilo debole, privo di emozioni, visto al funerale di Ricardo. Erano passate settimane, ma l'immagine della sorella continuava ad affacciarsi alla sua mente, come se si sentisse in dovere di aiutarla. Cercò di lasciare all'aria della sera quei pensieri, sicura che la sorella era sempre stata la più saggia della famiglia, e in quel momento si trovava sicuramente in una situazione tranquilla come lei avrebbe voluto.

In quella stanza d'albergo, all'ultimo piano, mise il riscaldamento al massimo, per poter fare ciò che le riesce così male nel mondo reale. Essere nuda.

Quello di Clara era davvero un bel corpo, agile e tonico. Stava osservando il particolare meno rilevante, al quale spesso non si presta troppa attenzione. I suoi occhi si concentrarono con accurata dedizione sul suo ombelico.

L'ombelico le aveva sempre suscitato interessi metafisici. Il ricordo le andava, di getto, alle lunghe lezioni di storia greca: quelle ore avevano suscitato in lei un interesse gratuito, appassionato. Erano gli anni degli studi superiori, e in mezzo alle foglie arancioni e alle serate in libertà Clara veniva condotta, come d'incanto, all'interno delle *polis* greche. Quel mondo perfetto, equilibrato, era l'unica vera alternativa che sognava rispetto a quella società chiusa ai cambiamenti, a quella famiglia soffocante che viveva come una prigione. Vedeva filosofi che argomentavano, cittadini impegnati nella cosa pubblica e schiavi cui era permesso di osservare quelle attività così piacevoli. In quel mondo, Clara venne introdotta al tempio di Apollo, il cui centro, l'ombelico, in greco *omphalos*, rappresentava proprio il perno dell'universo.

In quella calda stanza, all'ultimo piano, a Clara non veniva in mente perché l'ombelico fosse così considerato, perché gli fosse assegnata quell'importanza.

Le bastava solo il ricordo, la sensazione, la dolcezza per dare un senso ai suoi gesti. Fissava quell'ombelico da cui una serie di traiettorie multiple si diramavano. Alcune salivano sino ai seni, ed era come se, seguendole con lo sguardo, un calore le riempisse il torace, fino a darle una concreta sensazione di benessere. Altre si allungavano fino in fondo agli arti, ricordandole di quanta forza creatrice disponesse nel suo corpo. Altre ancora, in modo casuale, le cingevano la vita, facendole splendere il pube. Una di quelle raffiche di calore era Elena, che solo nel silenzio di quella stanza vide finalmente come la sorella che l'aveva sempre aiutata nei momenti di difficoltà, alla quale rimpiangeva solo adesso di non aver parlato quella domenica che il sole era alto. Un'altra era Maria, che solo in quel momento si rappresentava come la madre che avrebbe sempre voluto avere: comprensiva, dolce, rilassata. L'altra, infine, era quella che le mancava, che aveva sempre sognato ma alla quale non aveva mai potuto dare un volto concreto: la presenza maschile che non riusciva mai a concretizzare, che rincorreva in lungo e in largo senza mai trovare colui che potesse ancorare a terra il suo fuoco interiore.

Ecco, Clara persa in sé stessa pensava agli anni di freddezza esteriore che le avevano insegnato come fosse caloroso ritrovarsi nella pace della quotidianità, nella sua malinconia e nella sua incompiutezza.

Fu allora, che in quello specchio comparve un altro corpo.

La mano di Munain le si posò delicatamente sulla spalla. Clara non si curava di lui, e continuava la sua indagine silenziosa, per capire quale traiettoria fosse la più intensa di quel flusso immaginario. La mano di Munain, silenziosa allo stesso modo, le si poggiò delicatamente sull'ombelico, rendendo concrete quelle traiettorie che solo fino a poco tempo prima esistevano solo nella mente della sua amante.

La sera stava ormai lasciando spazio alla notte, i riflessi finali del tramonto creavano un tappeto di colori, senza un inizio preciso, senza l'obbligo di darsi di una fine.

Le braccia di Munain cinsero il corpo di Clara con decisione, fondendo quelle due forme in un pensiero unico. La camera all'ultimo piano in quella splendida palazzina nel centro di Madrid era posta abbastanza in alto, perché non fossero infastiditi dal rumore dei clacson e non troppo in basso, perché potessero ammirare il chiarore delle stelle.

XVIII

Gli piaceva soffermarsi con lo sguardo sui suoi piccoli rituali, come quando guardava il suo corpo dopo aver fatto l'amore, o quando si accarezzava la pelle e cercava di trovarsi bello.

Ma quella volta ebbe una strana sensazione di disagio. Si sentì solo, una strana sensazione che a volte assale un uomo di fronte ad un corpo femminile. Un'inquietudine gli salì fino al petto. Ripensava a cosa faceva lì, perché non fosse ancora riuscito a costruirsi una famiglia, come il suo amico Matias, una stabilità, e continuava invece a rimbalzare da una relazione ad un'altra. Munain girovagava per la tangenziale dei sentimenti umani, sentendone tutta la leggerezza, l'irresponsabilità, senza avere il coraggio di spingersi fino all'arteria che lo avrebbe condotto al centro del suo cuore. D'altro canto, con Matias erano così amici proprio perché così agli antipodi, pure nei sentimenti. Prima di sposarsi con Elena, Matias aveva avuto poche relazioni, terminate tutte nell'arco di un mattino, e l'idea di aver finalmente trovato una quadratura al suo universo sentimentale lo soddisfaceva più di qualsiasi altra cosa al mondo. Al contrario Munain aveva avuto tante relazioni più o meno durature nel tempo, e quando finalmente si fidanzò con una giovane basca di Eibar si sentì stretto in una gabbia.

L'aveva incrociata ormai diversi mesi prima, lei era in compagnia di un altro uomo, in uno dei vicoli di Bilbao, sospesi fra vino rosso e sguardi ambigui. Non capì bene cosa ci fosse in quella ragazza basca che lo attirasse tanto, lui che di donne ne aveva conosciute molte ma riusciva ancora a meravigliarsi per gli incontri casuali della vita.

Qualche tempo dopo si rividero, casualmente, durante quella primavera piovosa, e poi un'altra volta ancora, fino a che i loro incontri divennero tali da poterli definire in una relazione. All'inizio non lo avrebbe mai sospettato, ma quel rapporto nel frattempo divenne un'arma a doppio taglio: quella ragazza non era come le altre, ma nascondeva uno dei segreti più difficili per chi viveva in quella terra. Spostamenti nel cuore della notte, ritardo negli studi, malinconia. Alla fine Munain capì, senza il coraggio di chiederle mai di confermare le sue congetture, finché non fui lei a rivelarle la sua identità. Era una militante di ETA. Avrebbe voluto fare marcia indietro, mandare indietro la sequenza di azioni che lo avevano condotto in quella storia ed evitare anche solo di conoscere quella basca che vestiva sempre quelle tute mimetiche.

Ma non poteva spezzare questa storia, non riusciva a trovare un vero motivo per non portarla avanti.

Lui che finalmente aveva trovato una persona con la quale frequentarsi più a lungo di qualche settimana, amava la sua presenza, anche se la sua immaturità emotiva non lo spingeva a legarsi completamente e fosse seriamente impaurito che la questione indipendentista potesse invadere la loro intimità.

Cosicché trovò una via di fuga nel caschetto marrone di Clara, che riusciva a farlo evadere da quella relazione quotidiana e nonostante tutto abitudinaria.

Si avvicinò alla finestra, tirò la tenda di lato ed iniziò ad indugiare sul profilo di Madrid, mentre il sole era già calato da qualche minuto. Non sapeva dire cosa lo portasse alla ricerca continua di incostanza e cambiamenti: forse la sua natura, forse le coincidenze della vita. Forse, in cuor suo, amava troppo sua madre Eztia, che ormai vedeva raramente in quell'oliveto sopra San Sebastian, a metà tra Francia e Paesi Baschi: nessuna donna poteva raggiungere quell'amore platonico che provava per lei.

Dall'alto verso il basso, la fisionomia della città appariva ben definita. Se avesse studiato altro rispetto al giornalismo, Munain avrebbe fatto l'architetto, e seguendo questa passione mai dichiarata si divertiva spesso a immaginare come avrebbe disposto gli elementi che dipingevano quella città, spostando il quartiere residenziale di qualche isolato o accentrando qualche centro culturale attorno ai monumenti storici. A guardare bene quella città, su cui aveva consumato la vista, Munain notava molti cambiamenti. Si era trasferito a Madrid da tanti anni da poterla considerare casa sua, al pari di Eibar. La maggior parte delle attività che aveva conosciuto erano state rimpiazzate, e tanti locali nuovi erano aperti. Munain si sforzava di ricordarne il nome e il momento dell'apertura. Non ci riusciva. Non perché la memoria lo ingannasse, semplicemente perché il tempo era passato, e il mondo che conosceva si stava poco a poco disintegrando. Adesso quel maledetto terrorismo aveva preso piede nella sua Euskadi, in un fazzoletto di mondo conteso da più anime, fra le quali Munain non riusciva a trovare una collocazione.

Da quando frequentava questa ragazza basca, si sentiva meno sicuro nelle sue convinzioni. Era taciturna, risoluta, ed in quella risolutezza cercava un'ancora che potesse bloccare pure la sua passione. Non raccontò molto a Munain, se non che la sua vita da militante l'aveva portata a compiere scelte che spesso aveva rimpianto.

Frasi spezzate, discorsi generici sulla sua doppia vita di donna e di guerriera. Lui era certo che la sua compagna aveva vissuto un trauma, ci avrebbe scommesso qualsiasi cosa, dolore del quale lei non amava parlare, ma del quale si avvertivano le ferite che segnavano la sua essenza. Sapeva solo che ogni settimana andava a trovare un vecchio mentore, un ribelle della prima ora, e non mancava mai di tornare da quegli incontri carica di forza ed energia oltre che di una malinconica tristezza.

La pensava, dall'alto di quella struttura, ragionava su quanto il loro rapporto fosse intenso, pieno di significato, era speranzoso che prima o poi quella guerra maledetta sarebbe finita, che prima o poi avrebbe avuto quella relazione stabile che tanto sognava. Ma per adesso non c'era altra scelta: la presenza di Clara lo aveva alterato, i suoi sensi adesso rincorrevano quella sagoma ovunque. Da quando bevvero insieme quel primo caffè, fu impossibile per Munain rinunciare alla sua presenza per più di una manciata di giorni: frequentare Clara divenne per lui una tappa obbligata. Per adesso quella basca che così tanto credeva nei suoi ideali era così coinvolta nella guerra che stava combattendo da non sembrarle mai abbastanza quello che faceva per la causa. E qualsiasi cosa lui avesse fatto, l'amore di lei per la sua terra sarebbe sempre stato un gradino più in alto. Tradirla divenne l'unico modo per sfogare la sua incertezza e rimanere in bilico fra un'immaturità che lo manteneva idealmente giovane e la stabilità di un rapporto che lo proiettava verso la vita adulta.

Clara era appena uscita dalla doccia, e un lungo asciugamano bianco la copriva dal petto fino ai piedi.

Gli si sistemò di fianco, e prima che Munain avesse chiuso le tende della finestra, Clara aveva già preso la via dei suoi sogni.

XIX

Il suo sorriso incontaminato era abbinato divinamente al caschetto in disordine.

Quel suo amante rappresentava per lei una sicurezza. Clara sapeva che lui aveva un'altra relazione e porsi a metà strada, rappresentare non più che una distrazione, bastava per tranquillizzarla sulle ragioni di quel rapporto. Avevano iniziato a frequentarsi mesi prima. Si erano trovati alla stazione Chamartín di Madrid, Clara era di ritorno da una mostra sull'arte contemporanea mentre Munain era lì per lavoro, come corrispondente delle vicende di Euskadi. Dopo una breve conversazione casuale, già vedevano la meraviglia negli occhi dell'altro, e decisero che non sarebbe stato un incontro isolato.

"Meno male che ci sono baschi come te", esordì Clara quella mattina: levò una tazzina di caffè, lambendola poi voluttuosamente con le sue labbra carnose. Pochi turisti affollavano le vie del centro di Madrid durante quella mattina di luglio, ed era come se in quel bar si potesse veder scorrere la vita ad una velocità diversa.

"Eri sicura che fossero tutti dei fanatici di ETA, assassini sprezzanti della vita altrui?", le chiese.

A lei venne subito in mente Ricardo, la storia pazzesca di quello che era successo nella centrale basca, di cui cercava di ricordare invano il nome.

Munain osservò le sue movenze *"Sai, io la storia di Lemoniz la conosco piuttosto bene"*.

Abbassò la tazzina, concentrando lo sguardo sul fondo del caffè. Percepì qualcosa di misterioso, e sollevò la testa con pazienza. Talmente la cosa l'aveva colpita che il tono della voce non poté nascondere l'interesse verso l'argomento.

"Spiegati meglio".

"Al giornale siamo tutti presi dalla questione di ETA, nessuno può dirsi responsabile, ma nessuno è davvero esente da colpe", esordì Munain.

"Quando ci fu l'attentato a Carrero Blanco avevo iniziato a muovere i primi passi nel giornale. Non fu semplice, da basco, vivere e frequentare Madrid. Sentivi addosso gli occhi impauriti del mondo intero, andavi in giro sentendo il terrore della gente, avevano paura che da un momento all'altro qualcosa potesse saltare in aria. Mesi fa invece ho seguito l'attacco alle centrali nucleari, sulla costa, vicende nelle quali c'è poco di chiaro".

Un'ombra passò sul volto di Clara. Aveva capito bene? In un attimo cercò di fare mente locale il più velocemente possibile, di mettere assieme tutti i pezzi del puzzle.

Avvolgeva i fili di quelle parole, e un timore che potessero condurla alla sua storia familiare la pervase. *Cosa sapeva Munain sulla storia delle centrali nucleari basche? Aveva qualche indizio su quegli attacchi?*

"E quindi", incalzandolo, fingendo un interesse genuino verso l'attualità, *"cosa trovi di strano in quella vicenda?"*

Per un attimo esitò nel rispondere: Munain sapeva che ciò che stava per dirle era un segreto che non poteva confessare a nessuno, che avrebbe potuto addirittura alterare quella loro relazione clandestina. Ma il peso che si portava dentro era troppo grande, e esordì come si volesse togliere un macigno dallo stomaco. *"Sai Clara, la ragazza che frequento... beh diciamo che ha legami importanti con ETA... anzi, è una di loro"*, Clara trasalì, la curiosità divenne attenzione e l'ansia le montò dentro come un'onda che cresce di metro in metro.

"La versione ufficiale dei fatti dice che l'ingegnere e le due guardie siano state uccise da colpi di fucile. Ma la dinamica continua a lasciarmi perplesso, non riesco a credere come un uomo sui 70 anni, come quello che è stato incolpato del triplice omicidio, abbia potuto far fuoco contro tre individui e rimanere illeso, dev'esserci per forza un'altra spiegazione."

Fece un sospiro, e si guardò un attimo intorno, nel timore che qualche orecchio indiscreto potesse ascoltare la sua narrazione. Il cameriere si girò verso l'altro tavolo, carta e penna per prendere le ordinazioni di una coppia di turisti appena arrivati.

"Quella sera in quella centrale c'era pure lei, la mia ragazza. E ogni volta che provo a chiederle cosa sia successo veramente, non ne vuol mai parlare, svia sempre il discorso e ha lo sguardo colpevole". Abbassò gli occhi, ed iniziò a

scuotere lentamente la testa, *"sai Clara, non è facile vivere a fianco di una persona che porta dentro esperienze di questo tipo."*

Le accarezzò la mano *"Meno male che ci sei tu"*.

Clara annuì in modo meccanico, ma ormai tutte le informazioni che erano uscite dalla bocca di Munain erano la riprova che i dubbi sulla morte del fratello erano plausibili.

Mentre lui provò sollievo pronunciando quelle parole, il peso di tutto quel racconto iniziò, di colpo, a troneggiare sulla mente di Clara.

Non era venuta alla luce tutta la verità, e ora non era solo lei o la sua famiglia a pensarlo, lo stava udendo con le sue orecchie, che la versione ufficiale poteva non corrispondere al reale svolgimento dei fatti.

Sul momento non seppe cosa fare. Aveva appena ricevuto delle informazioni fortuite dal suo amante, che per uno strano scherzo del destino, aveva una relazione con qualcuno che era alla centrale quel giorno e che di fatto era coinvolto in prima persona con l'omicidio del fratello.

Non è possibile Clara, stai prendendo le vie dell'immaginazione, continuava a ripetersi. Eppure le parole che Munain le aveva confidato erano estremamente concrete, tangibili, reali. Se avesse ascoltato questa storia dalla bocca di qualcun altro l'avrebbe fatta cadere nel dimenticatoio, ma nel suo caso non poteva che realizzare la linearità di quelle ipotesi.

Avrebbe dovuto avvisare la guardia civil e chiedere loro di fare chiarezza sulla vicenda?

No, mai, non si sarebbe mai corrotta insieme a quelli che nella sua mente erano i rimasugli del franchismo, che da questo punto di vista osteggiava almeno quanto gli altri suoi nemici di ETA.

Non c'era altro da fare.

Sarebbe dovuta andare fino in fondo, anche a costo di parlare con la donna del suo amante.

XX

Tutte le strade portano a Roma, ma non tutte portano a Madrid.

Questo era stato il primo pensiero che aveva attraversato la mente di Clara una volta arrivata nella capitale. Se Roma rappresentava il cuore di un mondo non si poteva dire altrettanto della capitale del regno di Spagna. Madrid, sempre protesa a sganciarsi dall'Europa, sempre proiettata di là da quei mari che innumerevoli viaggiatori avevano attraversato per dare notorietà alla Spagna nel mondo intero. C'era stata tante volte, soprattutto per le diverse passioni che la infiammavano. Tuttavia, mai si era trovata lì per una questione come quella, delicata e difficile da affrontare. Era il fine settimana successivo alla conversazione avuta con Munain. Quelle sue parole l'avevano colpita nel profondo, ed erano giorni che non riusciva a pensare ad altro; si era isolata con sé stessa, doveva metabolizzare e capire bene cosa fare di tutto quello che le stava accadendo. Boicottò tutte le attività che aveva in programma quei giorni e concentrata su quell'unico pensiero aveva prenotato da inizio settimana i biglietti ferroviari per la capitale.

Questa volta si videro direttamente alla stazione Chamartín, proprio dove si erano conosciuti mesi prima. Passarono un pomeriggio divertente, prima davanti ad uno spettacolo di strada, poi in giro per le strade del centro. Clara dovette mordersi la lingua più volte: non voleva entrare nell'argomento per non destare sospetti, ma al tempo stesso non pensava ad altro.

Salirono in camera, dopo una serata tranquilla a passeggio, e decisero di rilassarsi. Ma i suoi pensieri erano altrove. Nel tempo in cui Munain se ne stette in bagno per una doccia, lei ebbe il tempo di cercare tra le sue cose, nella ventiquattrore, nelle tasche della giacca e dei pantaloni, qualche indicazione, qualche modo per capire chi fosse la donna che stava con lui e come mettersi in contatto con lei.

Alla fine, trovò un pezzetto di carta, ingiallito, che forse era stato dato a Munain già da qualche tempo. Erano un nome ed un indirizzo di casa, lettere nere su sfondo bianco. Si appuntò velocemente quei dati, e prima che Munain potesse uscire dal bagno si era già sistemata per dormire.

Quando al mattino dopo si lasciarono, Clara prese la decisione azzardata di scrivere una lettera a quel nome vergato su quel pezzetto di carta. Avrebbe chiesto di vedersi e avrebbe spiegato, senza giri di parole, chi fosse e cosa stesse cercando.

Esitò un po' prima di chiudere la busta, fece un respiro profondo, cercò di ricordarsi i motivi di quel gesto e con la mano tremante scrisse nome e indirizzo. Dentro di sé sentiva che la destinataria di quella missiva era sicuramente la persona che stava cercando. Scrisse le lettere di quel nome insicura, incidendo le k e le x estranee al suo vocabolario in un crescendo di ansia. Controllò il suo lavoro almeno due volte, finché non rilesse il nome di quella che poteva essere l'assassina di suo fratello.

Imbucò quella lettera proprio mentre il corriere stava per partire e si sentì libera, almeno per un attimo.

Non realizzò subito che aveva chiesto a una terrorista di incontrarla.

Non realizzò subito che profilo potesse avere quella Itzurza Goikoetxea, di cui a difficoltà riusciva a pronunciare il nome.

XXI

Madrid, ottobre 1982, un martedì, ore 8:37

Il medico le passò lo stetoscopio sul petto, ne controllò il respiro e la pressione sanguigna. Adesso Elena sembrava seria, come in quella fase del sonno nel quale non si vuol essere disturbati, mentre quello strumento freddo e metallico ascoltava le diverse dimensioni del suo corpo.

Matias osservava con attenzione le movenze dell'uomo. Il fatto che mani maschili invadessero le forme della moglie non lo lasciava tranquillo, ma in quel caso non c'era altra scelta.

Dietro insistenza del marito, il Dottor Gutierrez le aveva fatto apporre un bracciale all'altezza del polso, per monitorare eventuali, repentine alterazioni del suo stato di salute. Un filo connetteva il corpo della donna a un vecchio macchinario di colore verdolino, che Matias aveva ottenuto grazie alle pressioni del suocero presso l'Ospedale di Madrid.

Il Dottor Gutierrez azionò il marchingegno che dopo un assestamento di qualche minuto iniziò a produrre un suono meccanico, a fasi alterne. L'uomo inserì al suo interno un foglio di carta che, nel giro di pochi secondi, venne sfornato dalla bocchetta di uscita.

Stavolta non era più bianco, lunghe linee nere prendevano corpo al suo interno, tracciando traiettorie rettilinee, alternate da cambi di direzione. Il Dottore era di bell'aspetto, ma aveva un'importante miopia sin dai tempi dell'accademia, che gli imponeva lenti simili a fondi di bottiglia. Aveva lavorato in missioni sparse per il mondo, osservando i casi più rari: malformazioni rarissime, malattie sconosciute, fino ad altre stranezze difficili da riportare sulla carta. Ma il caso che aveva davanti costituiva un *unicum* nella sua carriera.

Prese in mano il foglio, inforcò gli occhiali ed iniziò a scrutare quelle linee nere, cercando di interpretarne il significato.

Matias era in piedi, sulla porta, a braccia conserte. La situazione della moglie non migliorava: era troppo tempo che la vedeva in quelle condizioni, e adesso non poteva più pensare che si trattasse di un sonno passeggero. *Quanto tempo?* Nemmeno lui se lo ricordava troppo bene. Aveva provato ad offrire un caffè al Dottore, che rispose con un no gentile ma deciso. Non aveva altri modi per imbonirsi quell'uomo, e dipendeva totalmente dalle parole che lui avrebbe pronunciato di lì a poco.

Gli ci volle qualche minuto, poi il Dottore lasciò andare lo stetoscopio. Si era precipitato al capezzale di Elena solo perché il padre, Carlos, era un suo amico di vecchia data. Si erano conosciuti in Alianza Popular, e quando ci fu bisogno di fargli vincere un concorso all'Ospedale, Carlos non si tirò indietro. Da allora, il

Dottor Gutierrez era disponibile a qualsiasi cosa pur di aiutare il suo vecchio amico.

"*Caro Monblan, non so davvero cosa dirle*", con un'aria sconsolata ma tranquilla. "*Sua moglie sta bene, non ha nulla. Le analisi del sangue sono ottime, la pressione in media con una leggera tensione al ribasso, il suo battito cardiaco regolare*". Nelle parole del Dottore si percepiva un filo di attrazione perversa, avida, l'interesse scientifico di aver sotto gli occhi uno di quei casi di catalessi prolungata di cui aveva sentito parlare solo in una conferenza negli Stati Uniti, quasi vent'anni prima.

"*Lei, Monblan, è sicuro che sua moglie dorme ininterrottamente da giorni? Eppure lei è spesso fuori casa, non potrebbe averla vista dormire nei momenti in cui lei era sveglio?*".

"*No Dottore*", non voleva rispondere male a quel medico, amico del suocero, ma essere trattato da imbecille lo indispose "*mia moglie dorme da più di una settimana: non sono il suo amante, sono suo marito*".

"*Come non detto*", si affrettò a sentenziare l'uomo, mentre riponeva nella sua goffa borsa marrone gli strumenti medici.

"*Facciamo così, Monblan, se la cosa continua mi chiami, valuteremo se ricoverarla in Ospedale. Per adesso tenga d'occhio questa*" rivolgendo lo sguardo al macchinario verdolino, "*le produrrà un andamento giornaliero dei valori più importanti sulla salute di sua moglie. Li stampi ogni sera, premendo quel pulsante rosso sul lato, alle 21 e me li porti"*. Dette uno sguardo al calendario *"oggi è martedì, stampi tutto e se la situazione non migliora venga da me venerdì con tutti i referti: se le analisi peggiorano la faremo ricoverare"*.

Era un'opportunità che Matias non voleva nemmeno prendere in considerazione, ma gli parve non avere altra via d'uscita.

"Grazie Dottore".

"Non ringrazi me ma l'On. De Guzman, suo suocero, una gran bella persona. Me lo saluti, e mi raccomando i dati. Arrivederci".

L'uomo prese la via della porta, mentre Matias rimase inerme sull'uscio color mogano. Appoggiò la testa al muro e iniziò a pensare. Non gli pareva possibile che quello che stava vivendo fosse reale, che di punto in bianco tutto nella sua vita fosse cambiato. Sentiva come se stesse vivendo in una realtà parallela, in un film di Almodovar del quale non voleva essere protagonista. Iniziò a sbattere i pugni chiusi contro quella porta di legno, prima come se stesse bussando, poi come se stesse picchiando un rivale in amore. Se avesse avuto più forza, c'è da giurare che l'avrebbe buttata giù.

È possibile che quella litigata le abbia fatto così male? No, non è per quello, la conosci troppo bene, non se la prenderebbe mai troppo per una lite con quelle due squilibrate. Sono io, maledizione, che non sono abbastanza per lei e non me lo sono mai confessato.

Assestò una serie di colpi regolari, affidando a ognuno di essi l'espiazione di una colpa che si rimproverava fino a quel punto della sua vita. Una nocca iniziò a sanguinare, colorando la porta di un tono ancora più intenso.

Calma Matias, calma.

Cercò di mandare al diavolo tutti quei pensieri, perdere la lucidità avrebbe solo peggiorato la situazione. Respirò a fondo e osservò le bozze che i suoi tonfi avevano prodotto nella porta. Si osservò le mani, non capendo da dove fosse uscita tutta quell'energia, quella rabbia di cui non si credeva capace. Solo un attimo dopo sentì una fitta di dolore a entrambi i carpali. Frugò nella credenza, ed una bottiglia di Vermouth gli venne in soccorso. Aveva sempre odiato i superalcolici, con il loro sapore severo ed acido, mentre nella dolcezza di quella bevanda ritrovava sempre una parte del suo essere, la più intima.

Te lo ricordi? Le offristi due bicchieri di Vermouth la prima sera che la conoscesti, te lo ricordi buono a nulla? Si Matias, la più grande conquista della tua vita, Elena De Guzman, con i suoi capelli mori che ti toglievano il fiato.

Ne mandò giù una, due, tre sorsate, finché le lacrime non arretrarono. Tirò un lungo sospiro di sollievo, illuso dall'effetto dell'alcol che tutto sarebbe andato per il verso giusto, che quello che stava per vivere era un martedì come tanti altri.

Si mise una bella giacca verde, una camicia bianca sbottonata e un paio di mocassini. Quando fu sulla porta, incrociò il viso della moglie, che nel frattempo gli pareva stesse sorridendo.

Le si avvicinò, e come tanti anni prima nel buio di quel cinema di Valencia le sussurrò *"Hai un profilo stupendo"*.

Uscì di casa, non prima di aver fatto un'altra visita al Vermouth e aver lasciato le finestre aperte per la moglie che di svegliarsi non aveva proprio voglia.

XXII

Valencia, giugno 1983

> *Cara Maria Fernandez,*
> *Ho avuto modo di apprezzare la sua arte e la sua bravura ogni qualvolta si è esibita nelle zone a me vicine.*
> *La sua fama era giunta alle mie orecchie e ho voluto constatare di persona quanto si dicesse di questa giovane e attraente attrice. Mi creda, tutti i complimenti che le ho sentito rivolgere non rendono giustizia a quanto effettivamente lei sia bella e straordinaria in ciò che fa.*
> *Sarei felice di avere l'onore di conoscerla e poterla ospitare nella mia villa fuori Madrid, lontano dall'ipocrisia e i pettegolezzi a cui la città si presta. Le porte di quella dimora per lei saranno sempre aperte.*
>
> con ammirazione
> *il Generale F. F.*

Teneva quel pezzo di carta nel primo cassetto della sua camera da letto, quello in cui aveva riposto le cose dimenticate della sua vita, ma che non voleva cancellare, quelle da poter sottrarre all'oblio ogni qualvolta le fosse venuta la malinconia di quella vita incompiuta e lontana.

La lettera l'aveva riposta nel momento del trasferimento in quella nuova casa, ormai vent'anni prima. Il dolore di aver chiuso col teatro, con i sogni e le passioni, fece sì che la lettera rimanesse lì, celata a tutti, abbandonata, ma non per questo meno presente. Maria la tirò fuori dal cassetto, al chiaro di luna, e la rilesse almeno cinque volte. Tremava. Toccava la pagina con le mani, quasi avesse voluto sentirla meglio, percepirne l'essenza più in profondità, rivivere le stesse emozioni che aveva provato quando l'aveva tenuta in mano per la prima volta.

Lo conobbe davvero il Generale, a una manifestazione di cinema spagnolo. Non le sembrava vero di essere al cospetto di quell'uomo, quella personalità di cui aveva da sempre subito il fascino.

Ebbe modo di scambiare con lui qualche parola e dei sorrisi. Il destino non le concesse molto altro, la settimana dopo conobbe Carlos, con tutte le conseguenze che quell'uomo ebbe nella sua esistenza, e quell'idea accarezzata di diventare intima del Generale svanì, evaporata come la nebbia al mattino.

Non si era mai capacitata di come uno degli uomini più potenti del mondo potesse aver pensato a lei in quel modo, che il generale Franco avesse speso quelle parole proprio per lei, che si fosse preso la briga di scriverle una lettera di suo pugno.

Era ormai un anno che aveva rotto il rapporto con le figlie, che tutti l'avevano esclusa e che si era relegata al rapporto plastico con un ragazzo di un decennio abbondante più giovane. Era lei quella donna alla quale la vita aveva regalato e tolto in egual misura, che adesso conservava fra le mani la ricchezza più grande che le era rimasta, la conferma del suo valore.

Sono io che ho ricevuto la lettera da un capo di governo, continuava a dirsi, *la mia arte ha impressionato uno degli uomini più potenti della storia.*

Prese quella lettera e si rimise a letto, tirando le coperte fino a coprirsi per metà il viso. Il chiaro di luna illuminava quella stanza di luce autentica, e fu come se quella notte Maria si fosse addormentata nella camera della sua memoria.

XXIII

Madrid, Plaza Mayor, settembre 1982

Si riconobbero da lontano, in mezzo alla folla, anche senza essersi mai viste prima.

Forse perché, a quel punto della loro vita, i loro sguardi tradivano gli stessi timori e la stessa fatica che le aveva segnate nell'arrivare a quell'incontro.

Plaza Mayor ribolliva di umanità in quel pomeriggio assolato, mentre le storie di migliaia di individui si mescolavano in modo imprevedibile. La struttura perfettamente rettangolare della Piazza trasmetteva un senso di imponenza, e la sua geometria un'equazione lineare e precisa sulla dimensione di capitale.

I capelli raccolti, la solita tuta militare, una borsa a tracolla e uno sguardo che ha già vissuto troppe sfide: Itzurza arrivava da una strada secondaria, a piedi, e appena svoltato l'angolo e giunta nell'enorme piazza non dovette nemmeno cercare. I suoi occhi scorsero subito, seduta al tavolino, quella figura attraente, che spiccava tra le altre, con uno sguardo penetrante seppur visibilmente segnato. Sembrava non stesse aspettando nessuno, se non sé stessa, per perdonarsi o rimproverarsi di aver commesso qualcosa di cui intravedeva appena i contorni.

Clara, come una preda ferita che cerca di sopravvivere, avvertì un brivido. Non aveva messo il solito rossetto, e ai tacchi aveva preferito un paio di scarpe da ginnastica, un vestito verde che arrivava a coprire le ginocchia ed un paio di orecchini a forma di conchiglia. Un cambio di abbigliamento che involontariamente ne accresceva la sensualità.

La vide arrivare spedita, senza esitazione. Itzurza era determinata e fiera, come avesse una di quelle missioni alle quali doveva partecipare da sola e che, se superata, l'avrebbe portata a ricevere una medaglia al valore. Non stava per affrontare l'amante del suo uomo, la sorella della vittima che gli pesava sulla coscienza, un avversario politico. Stava affrontando qualcosa di molto più grande.

Probabilmente non ne aveva piena coscienza, ma dentro di sé sapeva che stava per affrontare il senso iniquo delle sue azioni, il fallimento della ricerca di significato attraverso le passioni, l'eccesso ingiustificato di una vita forzata a dimostrare qualcosa. Questo valeva per entrambe le donne.

Si erano scritte delle lettere tra la prima inviata quasi irrazionalmente e quell'incontro, e tra quelle righe avevano percepito che qualcosa le accomunava. E non era il rancore reciproco. Non era aver interferito con uomini che non gli appartenevano. Pensavano di trovare un simbolo, un feticcio da attaccare: l'una nazionalista, l'altra comunista, una patriota e l'altra ribelle. Ma non fu così, scoprirono che dietro a quelle lettere nere su sfondo bianco si celava il profilo di due donne sole.

Itzurza si sedette al tavolo fingendo indifferenza, mentre dalle labbra di Clara trepidava un senso di attesa. Ordinò il solito caffè, posò sul tavolo la cartina stropicciata di Madrid e fece un lungo respiro. Notò subito che sullo sfondo verde del vestito di Clara spiccavano quelle sopracciglia decise che davano carattere al viso carnoso; una sua parte, la più istintuale, venne rapita subito da quei tratti mediterranei.

Il loro incontro fu pacato, la rabbia venne espressa con quell'eleganza propria solo di alcune donne, quelle a cui la collera in passato si era ritorta contro, e che avevano saputo rialzarsi e non soccombere ad essa.

Illuminata dalle parole di Munain sulla vicenda di Lemoniz, Clara aveva studiato bene le circostanze che le avevano portato via il fratello, e le era chiaro che la versione ufficiale dei fatti non reggeva: aveva più di un sospetto che Itzurza avesse avuto un ruolo più determinante negli accadimenti di quel giorno.

Solo squadrando le mani di Itzurza, consumate ed esili, capì che aveva dovuto combattere tante guerre, non immaginarie, ma dannatamente reali. Per un attimo ebbe un pensiero che sino allora non l'aveva colta: aveva di fronte qualcuno che aveva versato davvero del sangue, una guerriera idealista, una terrorista. Una di coloro che forse non aveva alcuno scrupolo verso la vita umana.

*Che stupid*a, si disse, mentre quel timore le salì fino al petto e per un secondo la bloccò. Ma l'attimo dopo capì che ormai non c'era via d'uscita: se era giunta fin lì c'era un motivo, e adesso voleva sentirsi dire in faccia quello che era accaduto al fratello, a qualunque costo.

Gli chiese quasi subito di Ricardo, di come si erano conosciuti, quanto fossero stati intimi, e come andarono i fatti. Itzurza raccontò della relazione, delle incomprensioni, delle difficoltà di comunicazione. Di quanto gli avesse raccontato delle sue sorelle e della famiglia. Di come la vicenda della centrale l'avesse segnata per sempre.

Era strano per lei dover affrontare quell'argomento che aveva deciso di seppellire sotto una coltre di silenzi, ma che di tanto in tanto non mancava di far capolino in una stanza della sua memoria. Non entrò nello specifico dei momenti concitati dello scontro, non disse che il colpo che spezzò la vita di Ricardo era partito dalla sua pistola, tacque il senso di vuoto che si portava dentro da quel giorno. Tutto questo lo raccontarono i suoi occhi rossi e gonfi e quel *"mi dispiace, non sarebbe dovuta andare così"*, detto a mezza bocca tra la vergogna e il dispiacere.

Non mi sono mai perdonata per quello che è accaduto a Ricardo, lo disse solo nella sua testa, faceva male ma era impensabile esternalo. Il senso di colpa era un macigno che premeva sul petto, e non poteva concedersi troppe confidenze con chi portava l'altra parte del peso.

Non perse mai la sua dignità e con l'orgoglio che nel bene e nel male aveva sempre governato la sua vita, cercò di spiegare quanto quella guerra fosse al tempo stesso sporca ma, a suo credere, necessaria. Di come singoli dolori, benché ti accompagneranno per sempre, siano conseguenze di ingiustizie e tragedie più grandi.

"Non cercare di giustificarti, e non dare giudizi su ciò che accadde quella notte".

Clara la interruppe in maniera brusca ma con fermezza quasi fraterna, per mostrarsi determinata dopo il precedente momento di indecisione. Le labbra rosse sembravano adesso dei papaveri appassiti, e le sue mani avevano abbandonato l'agitazione in favore di movenze flemmatiche. Dentro a quella testa, coperta dal caschetto marrone, passarono di seguito il primo schiaffo di Maria, le risposte sgarbate a sua sorella, l'incapacità di instaurare una relazione seria con qualunque uomo.

"Sono i giudizi che ci affossano e spesso non ci sono giustificazioni sufficienti per quello che facciamo".

Clara era stata lapidaria, non lasciando spazio a troppe repliche. Itzurza condivideva quelle parole, troppo spesso aveva cercato giustificazioni senza mai assolversi del tutto. E non era dalla morte di Ricardo che cercava pace, ma dal sentirsi inadeguata in ogni circostanza. Sua madre era andata via, non era la figlia che suo padre aveva sognato, non possedeva la femminilità che l'uomo medio cercava e apprezzava. Lasciò andare lo sguardo sulle forme di Clara, visibili solo in parte, e per quel profilo femminile parve provare un misto di attrazione e invidia.

Clara iniziò a parlare di Munain, raccontò di come si erano conosciuti, del fatto che sapeva che avesse un'altra donna e di quante ragioni si era data per scagionarsi dai sensi di colpa.

Itzurza allontanò lo sguardo, concentrandolo sui sampietrini levigati di quella piazza, cercando di bloccarlo su qualcosa di immobile, di finito. La parte più difficile non era confessare le proprie colpe, ma ascoltare quelle altrui e rimanere impassibili. Prese il ciondolo di Guernica, che Miguel le aveva regalato prima di essere imprigionato, ed iniziò a sfregarlo sotto il tavolo, ora nella mano destra, ora nella sinistra. La guerra di Itzurza non era mai finita, la quercia di Guernica continuava a infondere in lei una linfa vitale, una fede, una luce per superare il buio.

Non cercò di scusarsi Clara, ma ammise la sua incapacità di creare legami stabili, il limite di avere dentro di sé un fuoco così ardente che spesso finiva per bruciare tutto ciò che le era intorno.

Erano due donne forti, scalfite dalla vita, ma intatte nella loro essenza. Si riconobbero nella sconfitta dei loro ideali, nella spasmodica ricerca di sé stesse, nel viscerale approccio alla vita. Due guerriere, che odiavano quello che erano ma al tempo stesso non avrebbero voluto essere nient'altro.

Clara la sfiorava con lo sguardo, non riusciva a tenere testa a quella figura sfuggevole ma ben piantata a terra. Solo rubandole qualche frammento vedeva in quella basca poco più grande di lei il riflesso di tante sue paure, di tante sue delusioni. Era come se si guardassero allo specchio, agli antipodi di due mondi. Ma da quella distanza, da quelle estremità, erano più le cose che avevano in comune di quelle che le allontanavano.

Incomprese ed emarginate dai canoni della società, sempre costrette a scendere a compromessi per integrarsi e darsi un ruolo. Carnali fino all'eccesso, ma solo per chi vuol dare dei parametri di accettabilità a qualcosa che dovrebbe essere solo vissuto e non ragionato. Due donne che lottavano per sé stesse, e per salvare il mondo, anche se per loro la salvezza probabilmente non era contemplata.

Quando Itzurza terminò il caffè, il sole stava già calando dietro gli edifici di Plaza Mayor. Sapeva che non poteva attardarsi ancora a Madrid.

Si avvicinò a Clara e l'abbracciò, come si abbraccia un'amica che non si vede da tempo. Clara sentì il suo contatto prima con timore, poi con sollievo: erano anni che nessuno la abbracciava in quel modo, anni che non trovava qualcuno che capisse la sua essenza così in profondità. Che al tempo stesso l'avesse perdonata e avesse chiesto perdono. Per un attimo quelle due giovani donne parvero rubate dal set di un film, come se avessero provato quella scena decine di volte e adesso ne avessero prodotto la versione definitiva. Clara iniziò a tremare: fece per dirle qualcosa, per regalare ad Itzurza un frammento di quello che aveva provato, per mettere in parole la sua anima.

Ma non fece in tempo.

Itzurza posò il suo sguardo deciso su quel caschetto marrone ancora una volta, quasi a volerlo incidere nella sua memoria, prima di lasciare qualche peseta sopra il tavolo e scivolare via verso il crepuscolo.

XXIV

Madrid, ottobre 1982, un martedì, ore 11:13

Uno stagno dalla forma ovale, una serie di panchine marroni che si snodavano lungo il suo perimetro. Alcune ninfee popolano quello specchio d'acqua, una coppia prende la via della campagna poco distante.
Nel sogno si trova a fare merenda con Matias, come già era successo anni addietro, in un punto imprecisato del suo passato. Non riesce a focalizzare bene dove si trovi, vede un mulino in lontananza e pensa che avrebbero potuto essere in qualsiasi punto della Castiglia. La loro Seat è riparata all'ombra di una grande quercia, segno che si trovano abbastanza lontani da Madrid. Elena mangia un panino con il prosciutto, Matias uno al formaggio. Li ha preparati lei quella mattina, prima che partissero per quella gita fuori porta. A dire il vero, ad Elena la carne non è mai piaciuta granché, ma la sola vicinanza di Matias le fa dimenticare anche i suoi gusti culinari. Viceversa, a Matias quello spuntino piaceva, così come questo mondo onirico che Elena gli sta dedicando. Dietro al tavolo in legno, una valle in fiore si offre all'occhio incuriosito, mentre dei gruppi di passerotti disegnano parabole colorate tra i fiori dei ciliegi.

L'atmosfera è lucente, forse troppo. Il sole, nel sogno, emana raggi talmente forti che passando attraverso le lenti degli occhiali di Elena, incendiano il tavolo.

Terrore, ansia.

Elena era sudata in mezzo al bianco delle lenzuola. Il sole era già alto ed i suoi raggi, inopportuni, filtravano dalle tende sino a colpirle in pieno gli occhi.

"Ma chi ha lasciato quelle tapparelle aperte?", urlò ancora intontita, *"Matias, Matiaaaas! Sei stato tu? Lo sai che odio il sole in faccia appena sveglia!"*

Nessuno le rispose, aprì gli occhi stranita e si sentì tirare da qualcosa, un filo blu attaccato al braccio sinistro. Questa volta non era un sogno. Un profumo di Vermouth nell'aria.

Si toccò le braccia, il volto, era viva.

L'orologio era sopra al comodino: le 11:13.

XXV

Madrid, ottobre 1982, un martedì, ore 11:37

Clara si guardava con insistenza allo specchio.
L'orologio della *hall* segnava le 10:59 quando prese
l'ascensore per salire all'ultimo piano dell'hotel. La
musichetta d'attesa la rilassava, uno *swing* leggero anni
'30, mentre dalla vetrata il profilo sicuro e autorevole
di Madrid prendeva forma a ogni piano. Quel ritmo
leggero non era abbastanza per coprire tutti i suoi
pensieri, che affioravano con tutta la loro insistenza.
Stanza 887, una matrimoniale all'ultimo piano,
prenotata per una notte, dal martedì al mercoledì, così
recitava la prenotazione. Afferrò la chiave ed entrò.
Gli incontri con Munain erano divenuti sempre più
rarefatti nel corso del tempo. Dopo la romanticità degli
incontri iniziali, la frammentarietà di quella situazione
insinuò una crepa insanabile nel cuore di Clara.
Le parole di Itzurza le risuonavano dentro come un
tamburo, che ogni volta ti percuote più forte. Aveva
una vestaglia verde scuro e i capelli insolitamente
raccolti. Da tempo Clara non vedeva Munain, e non
poteva immaginare se le rughe gli avessero cambiato il
volto, se avesse avuto la barba lunga e se il tocco delle
sue mani fosse stato sempre lo stesso. Come cambiano
gli uomini nel tempo? Difficile a dirsi, secondo alcuni il

corpo maschile è più attraente con l'andare degli anni, più provato dalle sfide della vita, più vissuto. Per altri, la perdita di slancio è il sintomo più evidente della perdita di virilità. Una cosa è certa, che il corpo maschile e quello femminile mutano seguendo logiche totalmente differenti l'uno dall'altro.

La porta scricchiolò.

Quando lo vide entrare, Clara non poté fare a meno di destarsi dalla sua finta tranquillità. Lo guardò di scatto. All'inizio l'imbarazzo: quasi non lo riconosceva, Munain era davvero cambiato dall'ultima volta che lo aveva visto.

In realtà, quel profilo non era cambiato per nulla dall'ultima volta, era la sua prospettiva sul mondo ad essere crollata all'improvviso: era come se le parole spese con Itzurza la inchiodassero alle sue responsabilità, rivelandole la sua inadeguatezza.

Finse di non sentirsi bene, si appoggiò barcollante alla sedia, indicando un cerchio alla testa. Munain non capì, le si avvicinò e Clara gli chiese di chiamare qualcuno perché si sentiva mancare. Lo osservò veloce mentre usciva dalla camera, lasciando cadere a terra cappotto e fiori. Appena Munain, alla ricerca di un soccorso, ebbe girato l'angolo del corridoio, Clara chiuse in fretta la valigia ed uscì. Madrid sprofondava giù, nella discesa troppo lenta di quell'ascensore, che sembrava non arrivare mai. Chiamò un taxi velocemente, ci si infilò e in un lampo la macchina gialla e nera sparì lungo il viale.

In una manciata di secondi della sua presenza non era rimasta traccia. Nonostante l'evasione l'avesse agitata, appena dentro quell'abitacolo si sentì al sicuro, in una bolla, lontana da spiegazioni e doveri che le imponeva la maschera che indossava. Respirò a lungo, fissando lo sguardo sulle cifre rosse nello sfondo nero del tassametro, cercando in quei numeri delle coincidenze che sapeva non avrebbe trovato. Frugò nella sua borsetta color panna, alla ricerca di carta e penna per incidere qualcosa, per spiegare a Munain i motivi della sua fuga, della sua impossibilità di continuare quella vita a metà.

Ma da quella pochette saltò fuori qualcosa che non ricordava più di avere, che aveva sepolto nei meandri della memoria.

Era una tessera rettangolare, plastificata, al cui centro campeggiavano fiammeggianti una falce ed un martello.

XXVI

Madrid, ottobre 1982, un martedì, ore 11:53

Dov'era stata sino ad allora?

Era passato un attimo da quando si era buttata sul letto quella sera. Era tornata dal funerale di Ricardo, la sosta in Castiglia, il sogno di Maria e Clara… *quanto tempo ho dormito?* Aveva addosso un bracciale che le leggeva il battito cardiaco, una scheda che ricordava i flussi nei momenti di sole e in quelli notturni.

Davvero sono stata male?

Si liberò da quella fascia, provando a decifrarne i numeri senza riuscirci, mentre l'interno della stanza non le sembrava affatto cambiato da quando aveva appoggiato la testa sul cuscino. C'era solo una bottiglia di Vermouth sopra al tavolo, quasi scolata, e alcuni vestiti in disordine, ma il resto era immutato. Guardò il calendario, senza attenzione, non stabilendo con esattezza che non erano passate ore, bensì settimane intere di quel suo sonno che nessuno si spiegava. *Matias dev'essere già uscito* pensò, e decise di uscire anche lei per le strade della città.

Fece per attraversare le strisce, quando un taxi le sfrecciò davanti abbastanza veloce da farla sussultare. Le parve di riconoscere un profilo familiare al suo interno. Un caschetto marrone, una donna tesa che scriveva qualcosa su un pezzo di carta. Non parve farci attenzione, ed appena scattò il verde attraversò la strada in direzione del centro.

I passi di Elena, inconsapevolmente, l'avevano condotta nei pressi del Parco del Buen Retiro, uno dei più belli nel centro di Madrid. Stanca della lunga passeggiata, Elena entrò nel grazioso angolo di verde, attratta dal canto degli uccelli. Dopo un breve girovagare allentò la presa sui suoi pensieri e iniziò a sentirsi leggera e integrata al mondo. Trovò una panchina solitaria e vi si adagiò, senza nulla chiedere in cambio.

Dal posto nel quale era seduta si apriva un lungo viale. Una strada di ciottoli di vario colore, contornata da fiori variopinti, seguiva un andamento rettilineo, per poi congiungersi ad altri pezzi di strada, ognuna con un proprio abbinamento cromatico tra fiori e ciottoli. Le strade si intersecavano alternativamente, creando un gioco di illusioni ottiche, a causa del leggero rialzo del terreno sulla sezione centrale. Alzando lo sguardo, l'attenzione di Elena si posò su una quercia, maestosa nella sua presenza, leggera nella sua natura ancestrale. Un gruppo di passerotti creava traiettorie multiformi intorno ad essa, quasi a salvaguardarne l'aura incantata. Di colpo Elena ripensò alla maestosa quercia che regnava dietro alla sua casa di campagna, vicino Valencia, dove da bambina lei, Clara e Ricardo si divertivano a rincorrersi, a giocare. Un pensiero puro, che bastò a Elena per riprendere le forze e ricordarle che ancora aveva la vita fra le mani.

Un gruppo di bambini, festosi, occupava lo spazio fra la sua panchina e l'enorme pianta. Uno dei ragazzi, nel dare un bacio innocente a una sua compagna lasciò sbadatamente cadere il panino, la merenda che una saggia madre aveva preparato quella stessa mattina, fra le risa spontanee dei suoi coetanei. La bambina in risposta lo prese gelosamente per mano, alleviando il suo infantile imbarazzo e insieme si ricongiunsero al gruppo principale, indifferenti alle risa degli altri.

Elena alzò gli occhi e sorrise.

Era buffo come del triangolo femminile della sua famiglia fosse l'unica ad aver rinunciato a combattere le sue battaglie e si fosse ritrovata vincitrice, senza colpo ferire.

Chissà cosa fanno mamma e Clara pensò, sicura che, col tempo, una sua azione di riconciliazione sarebbe stata ancora possibile *magari scrivo loro una lettera per vederci qui a Madrid, senza dire a l'una dell'altra, faccio loro una sorpresa. Sarebbe bello fare finalmente pace.*

Mentre la mente volava verso questi pensieri, intravide un profilo maschile conosciuto, e una camicia bianca che aveva stirato tante volte.

"E tu che ci fai qui? Adesso hai imparato anche a fare la spesa?"

Chiese rivolta al marito, ridendo di gusto.

Per un attimo Matias non riuscì a crederci, l'ha chiamato elena. È proprio lei, è uscita di casa. Sta bene. Lasciò cadere le buste della spesa che aveva in mano e abbracciò la moglie come si abbraccia un amore che si crede perduto. Elena fu colta alla sprovvista, quasi imbarazzata da quell'esplosione d'amore del marito, mentre incrociava gli sguardi sorridenti di passanti incuriositi.

Chissà cos'è successo in questi giorni che ho dormito. Forse l'ho fatta grossa, sarà meglio non chiederglielo.

Per un attimo, nella sua mente, accese e spense la luce. Quel cielo, alto e rassicurante, era un invito alla vita.

XXVII

Puerta del Sol, Madrid, maggio 2014, pochi giorni alle elezioni europee

Montagne di volantini da sistemare. Un Everest di carta sovrasta il magazzino adiacente al quartier generale di Podemos. In mezzo ad essi un'umanità indistinta si articola in minigonne, camicie sbottonate, gelati in via di scioglimento. Distinguo lei per prima, mentre dispone i volantini in pacchetti simmetrici, anticipando il lavoro del pomeriggio. Ha il profilo di una donna giovane ma vissuta, come se di quei pacchetti ne avesse spostati a milioni da quando era ragazza. Tre figure, lei e due uomini di mezza età, si alternano nell'affissione dei manifesti e preparazione della pastella. La faccia di Pablo Iglesias, fresco vincitore delle primarie interne al partito, campeggia trionfale su di essi. La Spagna è ormai prossima a quella rivoluzione politica della quale si parla da decenni, e quelle elezioni europee potrebbero sconvolgere persino gli equilibri interni al Regno. Ma se i due uomini si identificano a pieno con il proprio *leader*, con i suoi tratti sicuri e la sua proverbiale tenacia, la figura femminile sembra non prestare troppa attenzione a quei lineamenti maschili.

Una pausa, l'una in punto, il caldo si intensifica. Lei si allontana, si accende una sigaretta, all'ombra della fermata della metro di Puerta del Sol e inizia ad osservare i passanti. È tutta vestita di viola, come le regole cromatiche di Podemos le impongono. Il viola, un colore insipido, che Clara ha sempre detestato, ma il cui fastidio ha sempre nascosto per paura di fraintendimenti all'interno del partito. Si appoggia proprio lì, sotto la pensilina dell'entrata alla Metro, un piede piantato a terra, l'altro, di ritorno, appoggiato al muro. E' caldo, e chi ha lavorato almeno una volta nella vita in una campagna elettorale sa quanto può essere pesante lavorare sotto il sole, oltre che sotto il peso della responsabilità del partito di turno. Ma la sua mente pare volare in un universo parallelo, lontano da quella piazza, da quei manifesti, da quei rumori. Le sue mani sono impregnate di farina, ingrediente necessario per la pastella con cui attaccare i manifesti. Non pare farci caso, così come non fa caso al suo abbigliamento.

Una donna è appena uscita dalla Metro a pochi passi da Clara. Un vestito bicolore: rose rosse su uno sfondo bianco, bianchissimo. Quella madre che accompagna il bimbo nel passeggino non sembra vedere altro. Il marito, forse un uomo d'affari, forse un'artista, le ha dato il dono più prezioso che potesse desiderare. Il piccolo protesta e la madre, saggiamente, lo prende per mano e lo guida nei primi passi. Fuori dal passeggino, dentro il mondo dei grandi: l'iniziazione alla vita. Le proteste lasciano spazio ad un'espressione di meraviglia, la più bella che una madre possa desiderare. L'altra figura, nel silenzio, osserva la scena, che si disperde nel fumo della sua sigaretta.

Alcune mani sono sporche di farina, altre tengono una vita per mano, altre ancora sono inchiodate alla croce. In quella sigaretta bianca, in quella diossina che si disperde nel sangue, Clara riflette su quello che non ha.

XXVIII

Parigi, agosto 1944

Un giornale che copre il vestito, trascinato dal vento, stracciato via da non so cosa. Fumi soffusi e schiamazzi lontani. Una torre di metallo svetta sopra comignoli fumosi, persa ai confini dello sguardo.

La gente canta in modo disordinato, in una lingua diversa dalla sua ma della quale può comunque distinguere ciò che la rende viva, autentica. I suoi compagni lo abbracciano, con gli occhi lucidi di commozione. Si guarda intorno, ciò che vede sono persone felici: è straniero, ma quel giorno gli stranieri sono degli eroi. Mani festanti, i sorrisi di coloro che sono appena usciti dalla guerra. Chiude gli occhi, ed ha un senso di vertigine.

Quando li riapre la riconosce, la Tour Eiffel.

È lì, sul tetto del mondo. Ha poco più di 28 anni, ed ha finalmente in mano Parigi. La cicatrice è lì, a ricordargli quanto quella guerra sia stata logorante. È un sogno. Le botte, la prigionia, e poi ancora le botte: ma alla fine ha vinto lui. Se alza lo sguardo al cielo, Miguel vede quel mondo che è lì davanti a lui e non aspetta altro che essere preso a morsi, assaltato, scolpito.

Si fruga in tasca, ed in mezzo alla polvere trova uno sguardo familiare, una chioma castana che gli sorride.

È la foto di Laura.

Adesso ha un motivo per tornare a casa.

Chance Edizioni nasce nel 2017
dall'esperienza della rivista multitematica mensile
22Pensieri e dall'idea di creare nuove opportunità di
collaborazione, di approfondimento, di aggregazione;
dall'esigenza di costruire rapporti umani di conoscenza, di
chiarezza e di fiducia nel panorama editoriale attuale; dalla
voglia di scoprire le caratteristiche proprie e le
predisposizioni di ogni scrittore; dal desiderio di proporre
la condivisione di competenze, di difficoltà, di attitudini
attraverso l'impegno reciproco e costante dell'autore e
dell'editore.

Finito di stampare ad agosto 2021
ISBN: 9788832238211